16	3	2	13
5	10	11	8
9	6	7	12
4	15	14	1

Coleção LESTE

Vladímir Sorókin

O DIA DE UM OPRÍTCHNIK

Tradução, posfácio e notas
Arlete Cavaliere

editora 34

EDITORA 34

Editora 34 Ltda.
Rua Hungria, 592 Jardim Europa CEP 01455-000
São Paulo - SP Brasil Tel/Fax (11) 3811-6777 www.editora34.com.br

Copyright © Editora 34 Ltda. (edição brasileira), 2022
Dien' oprítchnika © 2006 by Vladimir Sorokin
Tradução © Arlete Cavaliere, 2022

A FOTOCÓPIA DE QUALQUER FOLHA DESTE LIVRO É ILEGAL E CONFIGURA UMA APROPRIAÇÃO INDEVIDA DOS DIREITOS INTELECTUAIS E PATRIMONIAIS DO AUTOR.

Título original:
Dien' oprítchnika
Capa, projeto gráfico e editoração eletrônica:
Franciosi & Malta Produção Gráfica
Revisão:
Danilo Hora, Beatriz de Freitas Moreira

1ª Edição - 2022

CIP - Brasil. Catalogação-na-Fonte
(Sindicato Nacional dos Editores de Livros, RJ, Brasil)

S724d
Sorókin, Vladímir, 1955
O dia de um oprítchnik / Vladímir Sorókin; tradução, posfácio e notas de Arlete Cavaliere. — São Paulo: Editora 34, 2022 (1ª Edição).
240 p. (Coleção Leste)

Tradução de: Dien' oprítchnika

ISBN 978-65-5525-111-1

1. Narrativa russa. I. Cavaliere, Arlete. II. Título. III. Série.

CDD - 891.73

O DIA DE UM OPRÍTCHNIK

O dia de um oprítchnik 7

Posfácio, *Arlete Cavaliere* 203

As notas do autor fecham com (N. do A.), as notas da tradutora, com (N. da T.).

para Grigori Lukiánovitch Skurátov-Biélski,
vulgo Maliúta

O sonho é sempre o mesmo: ando por um campo russo infinito, que se estende para além do horizonte, vejo um corcel branco bem diante de mim, caminho em sua direção, sinto que ele é um corcel especial, um dos melhores, uma beleza, célere, impetuoso; apresso-me, mas não posso alcançá-lo, acelero o passo, grito, chamo, e de repente compreendo que toda uma vida se encontra naquele corcel, todo o meu destino, toda a minha ventura, e que preciso dele como o ar; passo a correr atrás dele, corro, corro, mas ele se afasta cada vez mais, sem pressa, sem se importar com nada e ninguém, afasta-se sempre, afasta-se de mim, afasta-se para todo o sempre, afasta-se em definitivo, afasta-se, afasta-se, afasta-se...

O telemóvel me acorda:
Um golpe de chicote — grito.
Outro golpe — gemido.
Terceiro golpe — estertor.
Poiárok gravou isso no Departamento do Serviço Secreto, quando torturavam o *voievoda*[1] do Extremo Oriente. Essa música desperta até um morto.

---

[1] Na antiga Rússia, *voievodas* eram administradores distritais que possuíam amplos poderes jurídicos e policiais. O posto foi criado na época conhecida como Época dos Tumultos (1598-1613), para preencher a lacuna de poder que existiu entre o reinado de Teodoro I e o estabeleci-

— Komiága na escuta — encosto o tele frio no ouvido morno e sonolento.

— Saudações, Andrei Danílovitch, quem fala é Korostílev — a voz do velho tabelião do Departamento da Embaixada ganha ânimo, e logo, bem ao lado do tele, surge no ar seu focinho bigodudo e preocupado.

— O que quer?

— Tomo a liberdade de lembrar-lhe: hoje à noite temos a recepção do embaixador da Albânia. Foi requerida a presença de uma dúzia.

— Eu sei — balbucio entediado, embora, na verdade, tinha me esquecido disso.

— Desculpe o incômodo. É o dever.

Ponho o telemóvel na base. Que petulância desse tabelião me lembrar daquela exigência. Ah, sim... agora é o pessoal da Embaixada que dirige o ritual da ablução. Tinha esquecido... Sem abrir os olhos, com as pernas pendendo para fora da cama, balanço a cabeça: está pesada depois de ontem. Tateio em busca do sininho, faço-o soar. Do outro lado da parede ouço Fiédka pular da cama e se ocupar, fazendo tinir a louça. Fico sentado com a cabeça pendendo, sem conseguir acordá-la: ontem caí de novo na bebedeira, apesar de ter jurado beber e cheirar apenas com os mais próximos; curvei-me 99 vezes em penitência na Catedral da Dormição, rezei a São Bonifácio. Tudo pelo ralo! O que fazer, se nada posso recusar a Kirill Ivánovitch? Ele é sábio. E dá conselhos sábios. E eu, ao contrário de Poiárok e Sivolai, valorizo nas pessoas o princípio da sabedoria. Posso escutar sem cessar as palavras sábias de Kirill Ivánovitch, mas ele fala pouco quando não tem pó...

---

mento da dinastia Románov, e foi extinto pelas reformas de Pedro, o Grande, sobretudo devido à corrupção que se instalara na classe dos *voievodas*. (N. da T.)

Entra Fiédka:

— Minhas saudações, Andrei Danílovitch.

Abro os olhos. Fiédka tem uma bandeja nas mãos. Como é de praxe pela manhã, tem a cara amarrotada, ridícula. Na bandeja, o de sempre para uma manhã de ressaca: um copo de *kvas*[2] branco, um cálice de vodca, meia tigela de repolho em salmoura. Tomo a salmoura. Ela belisca o nariz e faz contrair as maçãs do rosto. Suspiro e viro a vodca goela abaixo. As lágrimas afloram, borrando a cara de Fiédka. *Quase* tudo me vem à lembrança — quem sou, onde estou e por quê. Aos poucos e com cautela, começo a puxar o ar. Tomo a vodca com *kvas*. Transcorre um minuto de Grande Imobilidade. Arroto em alto e bom som, soltando um grunhido visceral. Enxugo as lágrimas. E então já me lembro de tudo.

Fiédka retira a bandeja e, ajoelhando-se, me oferece o braço. Apoio-me nele e me levanto. De manhã, Fiédka cheira ainda pior do que à noite. Essa é a *verdade* de seu corpo, disso não há como escapar. As chibatas nesse caso não adiantariam de nada. Dirijo-me à iconóstase, me espreguiçando e gemendo, acendo uma lâmpada votiva e ponho-me de joelhos. Rezo a prece matinal, curvo-me em reverência. Fiédka fica atrás de mim, boceja e faz o sinal da cruz.

Depois de rezar, levanto-me, outra vez apoiado em Fiédka. Vou ao banheiro. Lavo o rosto com água tirada do poço, que Fiédka preparou com pedacinhos flutuantes de gelo. Olho-me no espelho. O rosto um tanto inchado, as abas do nariz com veiazinhas azuladas, os cabelos desgrenhados. Nas têmporas, os primeiros cabelos grisalhos. Um pouco cedo para a minha idade. São ossos do ofício, o que fazer? É árduo trabalhar pela causa do Estado...

---

[2] Bebida fermentada, geralmente feita com pão. (N. da T.)

Depois de fazer as grandes e as pequenas necessidades, deslizo para dentro da *jacuzzi*, escolho um dos programas, descanso a cabeça sobre o apoio quente e confortável. Fico olhando para a pintura no teto: virgens colhendo cerejas em um jardim. Isso me acalma. Observo as pernas das donzelas, as cestas com cerejas maduras. A água enche a banheira, com o ar a espuma se forma e borbulha ao redor do meu corpo. A vodca no interior e a espuma no exterior aos poucos me fazem recobrar os sentidos. Depois de um quarto de hora cessa o borbulhar. Fico ali deitado um pouco mais. Aperto o botão. Entra Fiédka, trazendo a toalha de banho e o roupão. Ajuda-me a sair da *jacuzzi*, envolve-me na toalha e agasalha--me com o roupão. Dirijo-me à sala de jantar. Ali, Tâniuchka já está servindo o café da manhã. Na parede, a certa distância, está a bolha de notícias. Dou o comando de voz:

— Notícias!

A bolha acende e nela vibra a bandeira da Pátria, azul, branca e vermelha, e a águia bicéfala dourada.[3] Ressoam os sinos de Ivã III. Depois de beber alguns goles de chá com framboesas, dou uma olhada nas notícias: na seção norte--caucasiana da Muralha Meridional houve outro roubo, cometido por burocratas e membros da *zêmschina*;[4] o Gasoduto do Extremo Oriente continuará interrompido enquanto os japoneses não fizerem uma petição; os chineses estão

---

[3] A águia bicéfala foi o emblema oficial do Estado russo do reinado de Ivã III, no século XV, até o fim da monarquia, em 1917. Em 1993, com o fim da União Soviética e o estabelecimento da Federação Russa, a águia bicéfala voltou a figurar na bandeira nacional. (N. da T.)

[4] Na Rússia medieval, o termo *zêmschina* (de *zemliá*, "terra") designava o território regido por famílias da nobreza, de modo semelhante aos feudos europeus; em oposição, havia a *oprítchnina* (de *oprítch*, "apartado"), território sob comando absoluto do tsar. Para mais detalhes, ver as páginas 221-3 do Posfácio. (N. da T.)

expandindo seus assentamentos até Krasnoiársk e Novossibírsk; continua o julgamento dos cambistas da Tesouraria do Ural; os tártaros estão construindo um palácio grandioso para o Jubileu do Soberano; os sabichões da Academia de Medicina estão concluindo seus trabalhos sobre o gene do envelhecimento; os citaristas da cidade de Múrom darão dois concertos no Krêmlin de pedras brancas; o conde Trifón Bagratiónovitch Golítsin espancou sua jovem esposa; em janeiro não haverá açoitamentos na praça do Feno de São Petrogrado; o rublo está um copeque e meio mais forte que o *yuan*.

Tâniuchka serve bolinhos de queijo coalho, nabo no vapor com mel, pudim. Diferentemente de Fiédka, Tâniuchka é bem-feita e perfumada. Suas saias farfalham de modo agradável.

O chá forte e o pudim de groselha acordam-me de vez para a vida. Goteja um suor salvador. Tâniuchka me estende uma toalha que ela própria bordou. Enxugo o rosto, levanto-me da mesa, faço o sinal da cruz e agradeço a Deus pelo alimento.

Agora mãos à obra.

O barbeiro recém-chegado já me espera no vestiário. Vou até lá. Samsón, um homem baixo e taciturno, com deferência faz-me sentar diante dos espelhos, massageia meu rosto, fricciona meu pescoço com óleo de lavanda. Suas mãos, como as de todos os barbeiros, são pouco agradáveis. Mas discordo radicalmente do cinismo de Mandelstam: o poder não é de maneira alguma "abominável como as mãos de um barbeiro" — o poder é sedutor e convidativo como os seios de uma bordadeira nulípara. Quanto às mãos do barbeiro... o que se pode fazer — não cabe ao nosso mulherio fazer nossa barba. Samsón espalha em minhas bochechas a espuma Gengis Khan, que sai de uma garrafinha laranja, e tem o cuidado de não tocar as bordas de minha barba bela e estreita; ele afia a lâmina de barbear em sua correia, faz pontaria, mordendo o lábio inferior, e começa a retirar a espuma do meu rosto com movimentos suaves e regulares. Observo-me. Minhas bochechas já não são *tão* frescas. Nos últimos dois anos emagreci meio *pud*.[5] As olheiras se tornaram habituais. Todos nós temos falta de sono crônica. A noite passada não foi exceção.

Depois de trocar a navalha por um aparelho elétrico, Samsón apara habilmente o tufo abaixo do meu lábio, dando-lhe forma de machado.

Com ar severo, pisco para o espelho: "Bom dia, Komiága!".

As mãos desagradáveis põem no meu rosto uma toalhinha quente embebida em hortelã. Samsón enxuga-o cuidadosamente, passa carmim nas bochechas, ondula o topete, laqueia, passa porções generosas de pó de arroz dourado, pendura, na orelha direita, um pesado brinco de ouro — um sininho sem badalo. Só nós usamos esse tipo de brinco. E a gentalha da *zêmschina*, dos departamentos, da Artilharia, da Duma ou da antiga fidalguia não se atreve a usar tal sininho, nem mesmo em um baile de máscaras de Natal.

Samsón borrifa minha cabeça com essência Maçã Silvestre, faz uma saudação silenciosa e se retira — o barbeiro exerceu seu ofício. Logo depois surge Fiédka. A cara continua amassada, mas ele teve tempo de trocar de camisa, escovar os dentes e lavar as mãos. Está pronto para o ritual indumentário. Encosto a palma da mão na fechadura do guarda-roupa. A fechadura chia, uma luz vermelha pisca e a porta de carvalho desliza para o lado. Todas as manhãs eu olho para essas minhas dezoito vestes. É algo que me faz recobrar o ânimo. Hoje é um dia normal de trabalho. Deve ser um traje laboral.

---

[5] Antiga medida russa equivalente a 16,3 kg. (N. da T.)

— A roupa oficial — digo a Fiédka.

Ele retira uma delas e começa a me vestir: roupa de baixo branca com cruzes bordadas, uma camisa vermelha de gola lateral, um casaco de brocado, bordado com fios de ouro e prata e adornado com pele de marta-zibelina, calças de veludo, botas de marroquim vermelho, guarnecidas com cobre. Sobre o casaco de brocado Fiédka veste-me um caftan preto, de feltro grosso e forro de algodão. Olho-me no espelho e fecho o guarda-roupa. Vou à antessala e dou uma olhada no relógio: 8:03. Há tempo. Na antessala, os acólitos já me esperam: a aia, com o ícone da vitória de São Jorge, e Fiédka, com a *chápka*[6] e o cinturão. Ponho a *chápka* de veludo preto com borda de zibelina e deixo-me cingir com o largo cinturão de couro. Do lado esquerdo do cinturão há um punhal enfiado em uma bainha de cobre, à direita, um Rebroff no coldre de madeira. Enquanto isso, a aia me benze:

— Andriúchenka, que Nossa Senhora, São Nicolau e todos os velhos monges de Optina[7] o protejam!

Seu queixo pontudo treme, seus olhinhos, azuis e lacrimosos, me olham com comoção. Faço o sinal da cruz, beijo o ícone de São Jorge. A aia põe no meu bolso o salmo "Tu que vives sob a proteção do Altíssimo", bordado em ouro sobre uma fita preta pelas freiras do Monastério de Novodiévitchi.[8] Nunca saio para defender a Causa sem esse salmo.

— A vitória sobre os contendedores... — balbucia Fiédka, e faz o sinal da cruz.

---

[6] Chapéu de veludo sem abas. (N. da T.)

[7] Renomado mosteiro fundado no século XV, no distrito de Kaluga. (N. da T.)

[8] Monastério fundado em 1524 às margens do rio Moscou, próximo ao Krêmlin. (N. da T.)

Anastassía espia do aposento das criadas: está vestindo um sarafan vermelho e branco e tem uma trança castanho-clara jogada sobre o ombro esquerdo, os olhos são cor de esmeralda. A julgar pelo rubor das faces, está inquieta. Baixando os olhos, faz uma reverência apressada, os altos seios tremendo, e logo depois se esconde atrás do umbral de carvalho. Sinto uma faísca súbita em meu coração diante dessa moça: ressurge para mim a noite retrasada, em que, na escuridão fresca, ela se abriu inteira para mim e pôs-se a gemer docemente em meus ouvidos, a apertar seu corpo quente de donzela junto ao meu, a sussurrar, e então passou a correr como sangue em minhas veias.

Mas antes de tudo vem o dever.

E hoje os deveres não têm fim. E ainda por cima esse embaixador da Albânia...

Chego ao terraço. Lá, toda a criadagem está enfileirada: as mulheres que cuidam das vacas, a cozinheira, o chefe da cozinha, o faxineiro, o tratador de cães, o sentinela, a despenseira:

— Saudações, Andrei Danílovitch!

Curvam-se até a altura do quadril. Ao passar por eles, aceno com a cabeça. As tábuas do assoalho rangem. Abre-se a porta de ferro forjado. Saio para o pátio. O dia está ensolarado, meio gelado. Durante a noite, caiu neve sobre os pinheiros, sobre a cerca, sobre a guarita do sentinela. É bom quando há neve! Ela encobre a ignomínia da terra. E a alma se torna mais pura.

Apertando os olhos sob o sol, dou uma olhada no pátio: o celeiro, o palheiro, o estábulo, a estrebaria — tudo é bem-feito e de boa qualidade. O cão felpudo tenta se soltar da corrente, os galgos fazem estardalhaço no canil atrás da casa, o galo canta no estábulo. O pátio está bem varrido, os amontoados de neve estão bem-feitos, como bolos de Páscoa. Junto ao portão está o meu "puro-sangue" — escarlate como minha túnica, baixo e asseado. A cabine transparente brilha sob o sol. Ao lado dele, o cavalariço Timokha, com uma cabeça de cachorro na mão, me espera e me saúda:

— Andrei Danílovitch, confira!

Ele mostra a cabeça do dia: um cão-lobo hirsuto, olhos revirados, com a língua coberta de geada e dentes amarelos e fortes. Vai bem.

— Vamos!

Com destreza, Timokha prende a cabeça no para-choque do meu puro-sangue e uma vassoura no porta-malas.[9] Encosto a palma da mão na fechadura e a cabine transparente se eleva. Acomodo-me no assento reclinado de couro preto. Prendo o cinto de segurança. Ligo o motor. O portão de madeira se abre. Saio, precipito-me pelo caminho reto e estreito, rodeado de antigos abetos cobertos de neve. Que maravilha! Um belo lugar! Vejo pelo espelho minha herdade se afastando. Uma bela casa, tem alma. Faz apenas sete meses que vivo aqui, mas tenho a sensação de ter nascido e crescido neste lugar. Antes esses domínios pertenciam a Stepán Ignatiévitch Gorôkhov, um cambista que trabalhava para o Departamento do Tesouro. No tempo do Grande Expurgo do Tesouro, ele caiu em desgraça e ficou a zero, vindo parar em nossas mãos. Foram muitas as cabeças de tesoureiros que rolaram naquele verão tórrido. Bobróv e mais cinco comparsas foram exibidos em Moscou em uma jaula de ferro, depois os espancaram com bordões e os decapitaram na Pedra do Crânio.[10] Metade dos tesoureiros foi enviada de Moscou pa-

---

[9] Segundo relatos de época, os *oprítchniks*, integrantes da guarda especial de Ivã, o Terrível (1530-1584), se distinguiam por levar uma cabeça decapitada de cachorro presa no pescoço de seus cavalos e uma vassoura na cintura. (N. da T.)

[10] *Lobnoie mesto*, plataforma de pedra construída no século XVI em frente à Catedral de São Basílio, na Praça Vermelha. Ao longo da história,

ra além do Ural. Deu muito trabalho... Como sói acontecer, Gorôkhov primeiro teve a cara levada ao estrume, depois a boca recheada de papel-moeda e costurada, depois, uma vela enfiada em seu rabo, e por fim foi enforcado no portão de sua propriedade. Foi proibido encostar em qualquer membro de sua família. Mas sua herdade me foi transferida. Nosso soberano é *justo*. E graças a Deus.

a plataforma serviu de palanque a governantes, rebeldes e líderes religiosos. Seu nome vem da tradução russa de Gólgota, por isso o local é erroneamente associado a execuções públicas. (N. da T.)

O caminho faz um desvio à direita. Saio na estrada Rublióv. Uma estrada boa, dois níveis e dez faixas. Rodo pela faixa vermelha da esquerda. Essa é a nossa faixa. A faixa do Estado. Enquanto estiver vivo e a serviço do Soberano, transitarei por ela. Os automóveis abrem passagem ao avistar o puro-sangue vermelho do *oprítchnik* com a cabeça de cachorro. Vou cortando com um assobio o ar dos arredores de Moscou, acelero. O guarda lança um olhar oblíquo de reverência. Dou o comando:

— Rádio Rus.

Uma voz suave de donzela ganha vida dentro da cabine.

— Saudações, Andrei Danílovitch. O que deseja ouvir?

Já me informei de todas as notícias. Com esta ressaca a alma pede uma boa canção:

— Cante para mim aquela da estepe e da águia.

— Será feito.

Entram suavemente os menestréis, soam guizos, um sininho de prata tilinta, e:

Ah, estepe imensa,
Vasta estepe sem fim,
Tão ampla és tu, mãezinha,
Estende-se pelos confins.

Ah, não é a águia da estepe
Que se ergue.
Ah, é o cossaco do Don
Que se diverte.

Quem está cantando é o Coro da Ordem Vermelha do Krêmlin. Canta bem e com vigor. A canção ressoa de tal modo que as lágrimas começam a se juntar. O puro-sangue voa em direção a Bielokámenaia, passam aldeias e herdades. O sol brilha sobre os pinheiros cobertos de neve. E a alma renasce, se purifica, anseia por elevação...

Ah, não alce voo, águia,
Tão baixo sobre a terra
Ah, não perambule, cossaco,
Tão perto da ribanceira!

Eu teria entrado em Moscou com essa canção, mas a interrompem. Pôssokha está ligando. Sua cara bem cuidada aparece em uma moldura irisada.

— Ora, você... — resmungo, tirando a música.
— Komiága!
— O que quer?
— Palavra e Dever!
— E aí?
— Deu tudo errado com o fidalgo.
— Como assim?
— Não conseguimos plantar as provas de subversão durante a noite.
— O quê?! Mas por que não disse nada, cérebro de galinha?
— Aguardamos até o último momento, mas ele tem uma segurança excepcional, três guaritas.
— O Pai sabe?

— Nem. Komiága, conte você, estou cagando de medo. Ele ainda está meio assim comigo por causa daquilo com os civis. Estou morrendo de pavor. Faça isso, senão pode azedar para mim.

Chamo o Pai. Seu rosto largo de barba ruiva surge à direita do volante.

— Olá, Pai.

— Salve, Komiága. Está pronto?

— Estou sempre pronto, Pai, mas nossos homens meteram os pés pelas mãos. Não conseguiram plantar as provas de subversão no fidalgo.

— Agora já não é necessário... — o Pai boceja, exibindo dentes fortes e saudáveis. — Já podemos abatê-lo sem a subversão. Está *nu em pelo*. Mas olha aqui: nada de estropiar a família, entendido?

— Entendido — aceno com a cabeça, desconecto o Pai e reconecto Pôssokha. — Ouviu?

— Ouvi! — aliviado, ele arreganha os dentes. — Graças ao Senhor, santo Deus...

— Deus não tem nada com isso. Agradeça ao Soberano.

— Palavra e Dever!

— E não se atrase, vagabundo.

— Já estou indo.

Desvio para a estrada de Uspênski. Aqui a floresta é ainda mais alta que a nossa: abetos antigos, seculares. O que não devem ter visto durante a sua vida! Eles se lembram... lembram-se do Tumulto Vermelho, do Tumulto Branco, lembram-se do Tumulto Cinza e se lembram também da Renascença da Rus. E lembram-se ainda da Transfiguração. Nós vamos nos dissolver em pó, vamos voar para outros mundos, mas os gloriosos abetos dos arredores de Moscou permanecerão ali, balançando seus ramos majestosos...

Hm, olha só como a coisa mudou com a antiga fidalguia! Agora já nem é preciso haver subversão. Na semana passada foi assim com Prozoróvski, e agora com esse... Nosso Soberano agarrou a fidalguia com mão pesada. *Justo.* Cabeça arrancada, para que chorar pelos cabelos? Quem está na chuva é para se molhar. Aquele que ergue o machado deve deixá-lo cair. Vejo em frente dois dos nossos homens em seus puros-sangues vermelhos. Alcanço-os e reduzo a velocidade. Seguimos em fila. Viramos. Continuamos mais um pouco, até chegar às portas da propriedade do fidalgo Ivan Ivánovitch Kunítsin. Oito dos nossos carros já estão no portão. Estão Pôssokha, Khrul, Sivolai, Pogoda, Okhlop, Ziábel, Nagúl e Kriêplo. Para esse caso, o Pai enviou os "veteranos". E ele tem razão, o Pai. Kunítsin é osso duro. Para roê-lo, é preciso destreza.

Estaciono, saio do carro, abro o porta-malas e tiro meu porrete. Chego perto dos nossos. Estão à espera de ordens. O Pai não veio, então sou eu quem está no comando. Fazemos a saudação oficial. Observo a cerca: ao longo de todo o seu perímetro, entre os abetos, estão postados os Artilheiros do Serviço Secreto, para nos dar reforço. A propriedade foi cercada por todos os lados durante a noite, por ordem do Soberano. Para que nenhum mísero rato possa escapar, para que nenhum maldito mosquito possa fugir voando.

Mas o portão do fidalgo é forte. Poiárok toca a campainha e repete:

— Abra, Ivan Ivánitch! Abra por bem!

— Sem os mandatários da Duma vocês não entrarão, facínoras! — ouvimos pelo interfone.

— Vai ser pior, Ivan Ivánitch!

— Nada pode ser pior, cachorros!

Verdade seja dita: pior só mesmo no Departamento do Serviço Secreto. Mas não vale a pena levar Ivan Ivánitch para lá. Daremos um jeito nós mesmos. Nossos homens estão esperando. Está na hora!

Aproximo-me do portão. Os *oprítchniks* esperam imóveis. Golpeio o portão uma vez com o porrete.
— Maldita seja esta casa!
Bato pela segunda vez.
— Maldita seja esta casa!
Bato pela terceira vez.
— Maldita seja esta casa!
E os homens da *Oprítchnina* começam a se mover:
— Palavra e Dever! Eia!
— Eia! Palavra e Dever!
— Palavra e Dever!
— Eia! Eia! Eia!
Bato no ombro de Poiárok:
— Executar!
Poiárok e Sivolai se apressam e fixam um explosivo no portão. Todos se afastam e tapam os ouvidos. Há um estrondo, e o portão é reduzido a lascas de carvalho, espalhadas por toda parte. Abrimos caminho, porretes em punho. A guarda do fidalgo está lá, com suas clavas. Estão proibidos de se defender com armas de fogo, caso contrário os Artilheiros os cortariam ao meio com suas armas de raios frios. E, segundo a lei da Duma, um criado que resistir a uma *incursão* com uma clava não cairá em desgraça.

Avançamos. A herdade de Ivan Ivánovitch é suntuosa, o pátio é amplo. Não falta espaço para se bater. Um bando de guardas e lacaios está nos esperando com suas clavas. Eles seguram três cães de guarda, que querem se precipitar sobre nós. Lutar com um bando desses é tarefa dura. Teremos que negociar. É preciso conduzir as coisas de Estado com certa astúcia. Levanto a mão.

— Escutem! Vosso senhor, de toda forma, não viverá!
— Sabemos disso! — grita um dos guardas. — Mas de toda forma temos que nos defender.
— Esperem! Escolhamos então dois duelistas. Caso ven-

ça o vosso, vocês podem cair fora com seus bens sem dano algum! Se vencer o nosso, tudo que vos pertence nos caberá!
A guarda hesita. Sivolai lhes diz:
— Aceitem, enquanto vamos por bem! De todo modo, vocês serão enxotados quando o reforço chegar! Com a *Oprítchnina* não tem quem possa!
Depois de confabular, eles gritam:
— Está bem! Com o que vamos lutar?
— Com os punhos! — respondo.
Do meio deles desponta um duelista: um vaqueiro robusto, o focinho como uma abóbora. Ele tira o *tulup*,[11] enfia umas luvas, enxuga o nariz, que está escorrendo. Mas estamos acostumados com este tipo de manobra — Pogoda atira nos braços de Sivolai o seu caftan preto, tira o gorro de zibelina e a casaca de brocado, encolhe os ombros intrépidos, envoltos em seda escarlate, pisca para mim e dá um passo à frente. Em matéria de pugilato, até Maslo parece um adolescente diante de Pogoda. Ele não é muito alto, mas tem ombros largos e ossos fortes, agarra com mão forte. É difícil acertá-lo em seu focinho roliço. E nada é mais fácil para ele do que arrancar a carne de alguém.
Pogoda lança um olhar travesso ao adversário, com os olhos entrefechados, brinca com o cinto de seda:
— E então, seu grosseirão, pronto para a surra?
— Nada de cantar vitória, *oprítchnik*!
Pogoda e o vaqueiro andam em círculos, tateiam um ao outro. Estão vestidos de forma diferente, e estão em condições diferentes, servem a senhores diferentes, mas, olhando bem, são moldados da mesma massa russa. São homens russos e audazes.

---

[11] Sobretudo de pele. (N. da T.)

Ficamos em círculo, enfileirados com a criadagem. Essa é a norma do campo de pugilato. Aqui todos são iguais — o plebeu e o fidalgo, o *oprítchnik* e o criado. O punho é o seu próprio soberano.

Pogoda solta um risinho e dá uma piscadela para o vaqueiro, ostenta seus ombros intrépidos. O mujique não resiste e se lança com vigor e punho forte. Pogoda se abaixa e o atinge na boca do estômago com um golpe certeiro. O outro geme, mas aguenta. Pogoda se põe novamente a dançar em círculos e movimentando os ombros como uma rameira, e sacoleja, dá piscadelas e mostra a língua rosada. O vaqueiro não dá importância a essa dança e solta grunhidos, torna a erguer a mão. Mas Pogoda se antecipa — uma à esquerda bem na cara, outra à direita nas costas — *vupt! vupt!* As costelas até estalam. De novo ele se esquiva de um murro pesado. O vaqueiro grunhe como um urso, agita os punhos e perde as luvas. E tudo isso para nada: leva um soco na boca do estômago e mais um na cara — *bum!* O grandalhão cambaleia como um urso atordoado. Entrelaça as mãos bem fechadas, rosna, fatia o ar gelado. Mas tudo em vão: *paf! paf! paf!* Os socos de Pogoda são rápidos: o vaqueiro já tem a cara ensanguentada, um olho esmurrado e um caldo vermelho escorrendo do nariz. Gotas escarlates voam como rubis reluzentes sob o sol invernal e caem sobre a neve batida.

A criadagem tem um ar sombrio. Nossos homens trocam piscadelas entre si. O vaqueiro cambaleia e funga com o nariz despedaçado, cospe um dente esmigalhado. Mais um golpe, e ainda outro. O grandalhão recua, procurando se livrar, como um urso perseguido por abelhas. Mas Pogoda não se afasta: mais um e ainda mais! O *oprítchnik* golpeia forte e certeiro. Nossos homens assobiam e ululam. O último golpe é arrebatador. O vaqueiro cai de costas. Pagoda lhe desfere um chute no peito com sua bota garbosa, desembainha o punhal e num ímpeto talha o seu focinho... *tchac!* Está feito! Que lhe sirva de lição. É assim que a coisa é feita hoje em dia.

À base de sangue — e tudo desliza como manteiga.

A criadagem fica abatida. O grosseirão está segurando o focinho, jorra uma seiva vermelha por entre seus dedos.

Pagoda retira a faca, cospe no homem prostrado e pisca para a criadagem:

— Olhem só! Quanto sangue cabe nesse focinho!

São palavras já *conhecidas*. Nossos homens sempre dizem essas palavras. É *assim*.

Agora é hora de pôr um ponto final. Ergo o meu porrete:

— De joelhos, grosseirão!

Em momentos como esse tudo fica claro. Ah, como se vê bem um homem russo! Os rostos, os rostos dos criados pasmos. Rostos russos simples. Gosto de olhar para eles nesses instantes, na *hora da verdade*. Agora eles são um espelho. E nele nos vemos refletidos. Como o sol de inverno.

Graças a Deus esse espelho ainda não se turvou, o tempo não o escureceu.

O criado se põe de joelhos.

Nossos homens relaxam, começam a se mexer. E de repente, um chamado do Pai. Ele está acompanhando de sua torre em Moscou:

— Bravo!

— Servimos à Rússia. Pai! O que fazer com a casa?

— Demolir!

Demolir? Outra vez... Normalmente a propriedade massacrada fica para nós. E a criadagem fica sob as ordens do novo senhor. Como a minha propriedade. Entreolhamo-nos.

O Pai sorri com seus dentes brancos:

— Por que hesitam? A ordem é limpar o terreno.

— Assim será, Pai!

Ah! Então é limpar o terreno. Isso significa: *galo verme-*

lho.¹² Faz tempo que não acontece. Mas ordem é ordem. Não se discute. Ordeno aos criados:

— Cada um de vocês pode levar um saco com seus trastes. Dou dois minutos!

Eles logo compreendem que a casa está perdida. Começam a correr, dispersam-se como podem para pegar o que acumularam e também tudo o que lhes cair nas mãos pelo caminho. Enquanto isso, nossos homens examinam a propriedade: grades e portas de ferro forjado, muros de tijolos vermelhos. Tudo muito sólido. A alvenaria é sólida, impecável. As cortinas nas janelas estão fechadas, mas não completamente: alguém de olhos rápidos espia pelas fendas. O calor doméstico ainda está ali, atrás das grades, um calor derradeiro, que espreita, tomado por um tremor de morte. Ah! Como é doce penetrar este recanto aconchegante, e que doce será expulsar dali esse tremor derradeiro!

A criadagem já enfiou seus trastes nos sacos. Agora perambulam de modo submisso, como andarilhos maltrapilhos. Permitimos que se dirijam até os portões. Ali, junto da brecha aberta, os Artilheiros continuam em guarda com seus lança-raios. A criadagem abandona a herdade, olhando ao redor. Podem olhar, seus grosseirões, vocês não nos dão pena. Agora é a nossa vez. Cercamos a casa, golpeamos as grades e os muros com nossos porretes:

— Eia!
— Eia!
— Eia!

Depois damos três voltas ao redor dela, no sentido do movimento solar:

— Maldita seja esta casa!
— Maldita seja esta casa!

---

¹² Na Rússia, sinônimo de incêndio. (N. da T.)

— Maldita seja esta casa!
Poiárok fixa um explosivo na porta de ferro. Afastamo-nos e tapamos os ouvidos com as luvas. O explosivo dispara e já não há mais porta. Mas atrás dessa primeira porta há outra, de madeira. Sivolai saca o alfanje de raios. A chama azul guincha com fúria e atravessa a porta como uma agulha fina: com o talho a porta desmorona.
Entramos. Entramos calmamente. Já não há por que ter pressa.
Lá dentro tudo está silencioso e calmo. O fidalgo tem uma casa bela e confortável. A sala de estar toda em estilo chinês — leitos, tapetes, mesinhas, vasos do tamanho de um homem, pergaminhos, dragões sobre seda ou em jade verde. As bolhas de informação também são chinesas, curvas, orladas de madeira escura. Exalam aromas orientais. É a moda, o que se pode fazer? Subimos por uma escada ampla, coberta com um tapete chinês. Aqui os odores são familiares — cheira a óleo de lamparina, madeira resistente, livros antigos, valeriana. Uma casa suntuosa, construída com troncos de madeira e bem calafetada. Toalhas bordadas, caixilhos com ícones, arcas, cômodas, samovares, e ainda estufas azulejadas. Dispersamo-nos pelos cômodos. Não tem ninguém. Será que fugiu, o verme? Andamos para todos os lados, passamos os porretes por debaixo das camas, reviramos as roupas, destroçamos os guarda-roupas. O dono da casa não se encontra em parte alguma.
— Será que escapou pela chaminé? — Pôssokha balbucia.
— Pelo jeito tem uma saída secreta na casa — vasculha uma cômoda com o porrete.
— A cerca foi rodeada pelos Artilheiros. Como ele poderia sair? — retruco.
Subimos para o sótão. Aqui há um jardim de inverno, pedras, uma parede d'água, aparelhos de ginástica, um ob-

servatório. Agora todos possuem observatórios... Aí está uma coisa que não consigo entender de jeito nenhum: a astronomia e a astrologia são, sem dúvida, grandes ciências, mas para que um telescópio aqui? Ainda se fosse um livro de adivinhação! A demanda por telescópios em Moscou é simplesmente impressionante, não entra na minha cabeça. Até o Pai instalou um telescópio em sua propriedade. É verdade que nunca tem tempo de usá-lo.

Pôssokha parece que lê meus pensamentos:

— Os fidalgos e os cambistas esbugalham os olhos mirando as estrelas. O que querem tanto descobrir ali? Sua morte?

— Quem sabe não é Deus? — sorri Khrul, golpeando uma palmeira com seu porrete.

— Não blasfeme — ordena a voz do Pai.

— Perdão, Pai — Khrul faz o sinal da cruz —, foram artes do demônio...

— Por que procuram à moda antiga, seus asnos?! — o Pai se irrita. — Liguem o farejador!

Ligamos o "farejador". Ele começa a bipar, indicando o primeiro andar. Descemos. O farejador nos leva a dois vasos chineses. São vasos grandes, altos, mais altos do que eu. Entreolhamo-nos. Piscamos uns para os outros. Aceno com a cabeça para Khrul e Sivolai. Eles erguem as mãos e... vão direto aos vasos com seus porretes! A fina porcelana se despedaça como cascas de gigantescos ovos de dragões. E desses ovos, como Cástor e Pólux, surgem os filhos do fidalgo! Esparramam-se pelo tapete como ervilhas... e rugindo. Três, quatro... seis. Todos louros, a diferença de idade entre eles não passa de um ano.

— Veja lá isso! — gargalha o Pai, invisível. — Vejam só o que ele foi inventar, o bandido!

— Ficou completamente louco de tanto medo! — Sivolai ri, arreganhando os dentes para as crianças.

Ele ri *com maldade*. Bem... mas não mexemos com criancinhas... Não, só se a ordem for "moer vísceras", neste caso, é claro que sim. Bem... não precisamos de sangue em excesso. Nossos homens pegam as criancinhas, que urram como perdizes, e as carregam debaixo dos braços. Lá fora, Averián Trofímitch, o coxo tutor judicial, já chegou do orfanato em seu ônibus amarelo. Ele se encarregará da criançada e não permitirá que se percam, ele os criará como cidadãos honrados do nosso grande país.

Com a gritaria das crianças como isca pode-se apanhar as esposas dos fidalgos: a esposa de Kunítsin não aguenta e começa a uivar em seu esconderijo. O coração da mulher não é de pedra. Nós seguimos em direção aos gritos — estão vindo da cozinha. Entramos devagar. Olhamos ao redor. Ivan Ivánovitch tem uma bela cozinha. Ampla e bem organizada. Tem mesas para cortar, tem chapas para cozinhar, e prateleiras em aço e vidro para guardar louça e condimentos; tem ainda fornos sofisticados com raios quentes e frios, todo tipo de high-tech importado, extratos refinados, refrigeradores transparentes com luzes atrás, e também facas de todos os tipos, e bem no meio há um forno russo, largo e branco. Muito bem-feito, Ivan Ivánovitch! Que refeição ortodoxa não tem uma sopa de repolho e uma *kacha*,[13] preparadas em forno russo? Será que é a mesma coisa assar tortas em um forno estrangeiro e nos nossos? E o leite, será que coalha no ponto certo? E o pão sagrado? O pão russo deve ser assado em forno russo — é o que dirá o mais pobre dos pobretões.

Uma tampa de cobre tapa a boca do forno. Poiárok ergue a tampa com um dedo:

— Chegou o lobo cinzento, trouxe torta. *Toc-toc*: quem se esconde atrás da porta?

---

[13] Cereais cozidos no leite, prato tradicional da Rússia. (N. da T.)

Atrás da tampa ouvem-se um grito de mulher e depois blasfêmias de homem. Ivan Ivánovitch está irado com a mulher por ela ter gritado. Não poderia ser de outro modo. As mulheres são assim, têm o coração delicado, é por isso mesmo que gostamos delas.

Poiárok levanta a tampa, nossos homens pegam tenazes e atiçadores e com eles tiram o fidalgo e sua esposa do forno, trazendo-os para a luz de Deus. Cobertos de fuligem, eles tentam resistir. Imediatamente amarramos as mãos do fidalgo e o amordaçamos, arrastamos até o pátio pelos braços. Já a mulher... bem, a mulher temos que tratar com alegria. É *como deve ser*. Ela é amarrada na mesa de cortar carne. Ivan Ivánovitch tem uma bela mulher: corpo esbelto, um belo rosto, peituda, um bom traseiro, impetuosa. Mas primeiro o fidalgo. Saímos todos juntos da casa em direção ao pátio. Lá, Ziábel e Kriêplo estão nos esperando com as vassouras, e Nagúl com uma corda ensaboada. Os *oprítchniks* arrastam o nobre pelas pernas, da porta de entrada até o portão, em sua última viagem. Ziábel e Kriêplo vão varrendo os rastros, para que na Rússia não restem vestígios do inimigo da Causa do Soberano. Nagúl já subiu no portão e está ajustando habilmente a corda — este não é o primeiro inimigo da Rússia a ser enforcado por ele. Ficamos todos postados ao pé do portão e suspendemos o fidalgo com nossas mãos.

— Palavra e Dever!

Um instante depois, Ivan Ivánovitch já está balançando na forca, ele se contrai, geme, resfolega e emite seu último suspiro. Nós tiramos as *chápkas*, fazemos o sinal da cruz e as colocamos de novo. Esperamos até que a alma o abandone.

Um terço do trabalho está feito. Agora tem a mulher. Nós voltamos para a casa.

— Não até a morte! — nos adverte, *como sempre*, a voz do Pai.

— Está claro, Pai!

A tarefa é passional, mas extremamente necessária. Ela nos enche de forças para vencer os inimigos do Estado russo. E essa tarefa *suculenta* exige o seu ritual. Faz-se necessário começar e acabar por ordem de superioridade. De modo que sou eu o primeiro. A viúva do já finado Ivan Ivánovitch se debate sobre a mesa, grita e geme. Eu arranco o vestido, arranco a roupa de baixo adornada com rendas. Poiárok e Sivolai dobram as pernas brancas, lisas e bem cuidadas e as mantêm suspensas. Eu gosto de pernas de mulher, especialmente das coxas e dos dedos do pé. As coxas da mulher de Ivan Ivánovitch são pálidas e lânguidas e os dedinhos dos pés são macios, bem-feitinhos, com unhas bem cuidadas, pintadas com esmalte cor-de-rosa. Suas pernas indefesas se debatem nas mãos vigorosas dos *oprítchniks*, seus dedos retesados de medo se contraem, tremendo levemente. Poiárok e Sivolai conhecem minhas fraquezas: assim que a planta macia daquele pé feminino começa a tremer junto da minha boca, eu levo aos lábios seus dedos frêmitos e enfio meu furão calvo em sua toca.

Como é doce!

A viúva estremece e grunhe como um leitãozinho vivo e rosado no espeto incandescente. Cravo os dentes na planta de seu pé. Ela solta ganidos e se debate sobre a mesa. Mas eu executo a tarefa voluptuosa com minúcia e sem esmorecer.

— Eia! Eia! — balbuciam os *oprítchniks*, afastando-se.

Uma tarefa importante.

Uma tarefa necessária.

Uma tarefa boa.

Sem essa tarefa a *incursão* seria como um corcel sem cavaleiro... sem rédeas... um corcel branco, um corcel... bonito... esperto... encantado... um corcel... carinhoso fogoso corcel... doce... cavalinho de açúcar sem ginete... e sem rédeas... o demônio das rédeas... um demônio branco... demônio doce... um demônio com rédeas de açúcar... um demônio com rédeas de açúcar... um demônio com rédeas de açúcar... um demônio com rédeas de açúcar... láááá loooongeee e maaaais loooongeee buuuu-ceeeee-taaaa!

Como é doce deixar sua semente no ventre da mulher de um inimigo do Estado.

Ainda mais doce do que cortar a cabeça dos próprios inimigos.

Os dedinhos macios da viúva escapam da minha boca. Diante dos meus olhos flutuam arco-íris coloridos.

Cedo o lugar a Pôssokha. Seu falo, que tem uma pérola de rio costurada, parece a maça de Iliá Múromiets.[14]

Ufa... como é quente a casa do fidalgo. Saio para o terraço e sento-me em um banco. Já levaram as crianças. Do vaqueiro espancado e talhado restaram sobre a neve apenas respingos de sangue. Os Artilheiros batem os pés em volta do portão, olhos fixos no enforcado. Saco um maço de cigarros Pátria e acendo um. Luto contra esse vício estúpido, ímpio. Apesar de já tê-lo reduzido a sete cigarros por dia, não tenho força para largá-lo definitivamente. O padre Paíssi, que reza por mim, mandou que eu lesse um cânone de penitência. De nada adiantou... A fumaça se espalha pela brisa gelada. O sol também brilha e troca piscadelas com a neve. Eu gosto do inverno. O gelo limpa a cabeça, refresca o sangue. Na Rússia, é no inverno que as coisas de Estado avançam e se resolvem mais rápido.

Pôssokha sai para o terraço: tem os lábios entreabertos, está quase babando, os olhos atordoados, seu membro roxo e exausto mal consegue entrar na braguilha. Com as pernas escanchadas, tenta se recompor. Um livro cai de seu

---

[14] Guerreiro de grande força física e espiritual que figura no folclore da Rússia antiga. Iliá Múromiets é o único herói épico canonizado pela Igreja Ortodoxa Russa. (N. da T.)

caftan. Pego e abro: *Contos secretos*.[15] Leio o começo da introdução:

> Naqueles tempos de antanho
> na Santa Rus não havia facas
> Por isso os mujiques
> cortavam carne com seus caralhos.

Chega a gotejar óleo desse livreco todo ensebado e quase esburacado, de tanto que foi lido.

— Mas o que está lendo, seu sem-vergonha? — bato na testa de Pôssokha com o livro. — Se o Pai vê isso, vai expulsar você da *Oprítchnina*!

— Perdão, Komiága, artes do demônio — balbucia Pôssokha.

— Você está no fio da navalha, idiota! Isto é uma obscenidade subversiva. Foi por causa de livros como esse que limparam o Departamento de Imprensa. Foi lá que você pegou?

— Naquela época eu ainda não estava na *Oprítchnina*. Surrupiei da casa daquele *voievoda*. Foi o maligno que me fez pegar.

— Veja lá se me entende, imbecil, somos a matilha da segurança. Temos que manter a mente fria e o coração puro.

— Estou entendendo, estou entendendo... — Pôssokha coça com ar entediado os cabelos pretos por debaixo da *chápka*.

— Você bem sabe que o Soberano não tolera os palavrões.

---

[15] *Contos secretos russos* (*Russkie zavetnie skazki*), reunião de contos eróticos e profanos coletados pelo folclorista Aleksandr Afanássiev no século XIX. O livro só foi publicado em solo russo em 1992. (N. da T.)

— Eu sei.
— Se sabe, então queime já esse livro asqueroso.
— Juro que vou queimar, Komiága... — e faz o sinal da cruz com grandes gestos, escondendo o livro.
Saem Nagúl e Okhlop. Enquanto a porta se fecha atrás deles, ouço os gemidos da viúva do fidalgo.
— A jararaca é boa! — Okhlop cospe e enfia o gorro de pele até a altura da nuca.
— Não vamos esfalfá-la até morrer? — pergunto, esmagando a ponta do cigarro no banco.
— Não, não podemos... — responde Nagúl, rosto largo e sorridente, e assoa o nariz com um lenço branco, que foi bordado por alguém com amor.
Logo chega Ziábel. Depois de uma *rodacurra*, ele sempre fica excitado e falante. Como eu, Ziábel tem formação universitária.
— Como é agradável arrasar os inimigos da Rússia! — murmura, tirando um maço de Pátria sem filtro. — Gengis Khan dizia que o maior prazer no mundo é vencer os inimigos, devastar seus bens, montar seus cavalos e amar suas mulheres. Que homem sábio!
Os dedos de Nagúl, Okhlop e Ziábel vão até o maço de Pátria. Saco meu isqueiro catita de raios frios e lhes ofereço:
— Por que vocês todos usam essa erva dos diabos? Não sabem que o tabaco está maldito para todo o sempre nas sete pedras sagradas?
— Sabemos, Komiága — sorri Nagúl, dando uma tragada.
— *Oprítchniks*, vocês incensam Satã! O diabo ensinou os homens a fumar tabaco para que eles o incensem. Cada cigarro é uma oferenda ao Maligno.
— Mas um monge destituído me disse que aquele que fuma tabaco é um homem de Cristo — retruca Okhlop.
— E em nosso regimento um dos comandantes sempre

dizia que a carne defumada se conserva por mais tempo — suspira Pôssokha, e pega também um cigarro.

— Seus bestas quadradas! Nosso Soberano não fuma — digo a eles. — Nosso Pai também largou. Precisamos zelar pela pureza dos nossos pulmões. E também dos nossos lábios.

Eles fumam calados e escutam.

A porta se abre e os demais homens se precipitam para fora com a mulher do fidalgo. Eles a trazem nua e inconsciente, envolta em um *tulup* de pele de ovelha. Esfalfar mulheres é coisa usual para os nossos.

— Está viva?

— Disso raramente se morre! — sorri Pogoda. — Não é nenhuma roda de tortura!

Pego sua mão desfalecida. Ainda tem pulso.

— Bem, agora é levar a mulher para algum familiar.

— Naturalmente.

Levam-na embora. Agora é hora de pôr um ponto final. Os *oprítchniks* olham para a casa: é luxuosa e está cheia de bens. Mas quando uma ordem do Soberano determina a demolição de uma propriedade, não se pode saqueá-la. É a lei. Todos os bens estão destinados ao *galo vermelho* do Soberano.

Faço um sinal a Ziábel: ele é o encarregado das tarefas com o fogo.

— Executar!

Ele tira o Rebroff do coldre e fixa ao cano um bocal com formato de garrafa. Afastamo-nos da casa. Ziábel mira bem na janela e dispara. A janela retine. Afastamo-nos ainda mais da casa. Ficamos em semicírculo, tiramos os punhais das bainhas, abaixamos um pouco, fazendo pontaria para a casa do inimigo:

— Maldita seja esta casa!

— Maldita seja esta casa!

— Maldita seja esta casa!

Uma explosão. Uma labareda espessa escapa da janela como um turbilhão. Estilhaços voam. Caixilhos e grades tombam sobre a neve. A propriedade arde. E eis que o *galo vermelho* do Soberano vem lhe fazer uma visita.

— Bravo! — O rosto do Pai surge no ar gelado dentro de uma moldura iridescente. — Liberar Artilheiros. Quanto a vocês: uma prece de agradecimento na Catedral da Dormição!

O fim coroa o feito. Tarefa acabada — prece redobrada. Saímos pelo portão, desviando do enforcado. Atrás do portão, os Artilheiros estão empurrando os cronistas. Eles estão lá com seus aparelhos e se apressam para registrar imagens do incêndio. Agora já podem. Agora, depois daquele novembro memorável, temos bons entendimentos com o Departamento de Notícias. Dou um sinal com a mão ao *sôtnik*.[16] Os aparelhos miram o incêndio e o enforcado. Em cada casa, em cada bolha de notícias, ortodoxos assistem e apreciam a força do Soberano e do Estado. Compreendem o que significa Palavra e Dever.

Como disse o nosso Soberano:

"Lei e ordem — eis no que se baseia e sempre se baseará a Santa Rússia renascida da borralha Cinza."

Santa verdade!

---

[16] Na Rússia medieval, o termo designava um comandante de uma centena (*sôtnia*) de homens. (N. da T.)

Como sempre, na Catedral da Dormição está escuro, quente e solene. Velas brilham, as guarnições douradas dos ícones cintilam, o candelabro fumega nas mãos do franzino padre Iuvenal, cuja voz fina ressoa, e um diácono gordo de barba negra fala com voz grossa ao lado do coro. Estamos todos perfilados, bem apertados — toda a *Oprítchnina* de Moscou. Lá está o Pai, e também Ierókha, seu braço direito, e Mossól, seu braço esquerdo. Todos os veteranos, inclusive eu. A espinha dorsal. E também os mais jovens. Só o Soberano não está. Normalmente, às segundas-feiras ele nos dá essa honra. Mas hoje o nosso sol não está. Deve estar inteiramente envolvido em negócios de Estado. Ou então, deve estar na igreja da Deposição das Vestes da Virgem, seu templo privado, rezando pela Santa Rússia. A vontade do Soberano é lei e mistério. E Graças a Deus.

Hoje é um dia típico, uma segunda-feira. E o serviço é o de rotina. O Batismo acabou e saímos nos trenós pelo rio Moscou, lá pusemos uma cruz em um buraco de gelo embaixo de um caramanchão prateado, coberto com ramos de abetos, batizamos os recém-nascidos e submergimos também na água gelada, disparamos salvas de canhão, saudamos o Soberano e a Soberana, participamos da ceia no Palácio das Facetas com a comitiva do Krêmlin e o Círculo Interno. Agora, até chegar a Candelária, não haverá mais festas, só dias úteis. Temos muito que fazer.

"Deus ressurgirá e seus inimigos se dissiparão...", lê o padre Iuvenal.

Persignamo-nos e nos curvamos. Rezo ao meu ícone preferido, o Redentor de Olhar Severo, e estremeço diante dos olhos furiosos de nosso Salvador. O Salvador é severo e implacável em seu Julgamento. Seu olhar inflexível me enche de forças para o combate, fortalece minha alma, forja meu caráter. E acumulo ódio aos inimigos. Aguço o espírito e o juízo. E os inimigos de Deus e do nosso Soberano se dissiparão.

"Conceda-nos a vitória sobre os adversários..."

Os adversários são muitos, é bem verdade. Desde que a Rússia se levantou das Cinzas, desde que tomou consciência de si mesma, desde que Nikolai Platônovitch, pai de nosso Soberano, dezesseis anos atrás, colocou a primeira pedra nos alicerces da Muralha Ocidental, desde que começamos a nos isolar daquilo que nos é estrangeiro e vem de fora, e do demoníaco que vem de dentro, os adversários têm rastejado para fora de todas as frestas como lacraias malfazejas. Em verdade, toda grande ideia engendra imensa resistência. Nosso Estado sempre teve inimigos internos e externos, exteriores e interiores, mas nunca o combate a eles foi tão furioso como no período do Renascimento da Santa Rússia. Não foram poucas as cabeças que rolaram na Pedra do Crânio durante esses dezesseis anos, não foram poucos os trens que levaram nossos adversários e suas famílias para além dos Urais, não foram poucos os *galos vermelhos* que cocoricaram ao amanhecer nas herdades dos fidalgos, não foram poucos os *voievodas* que abriram o bico no cavalete de tortura do Serviço Secreto, não foram poucas as cartas anônimas que caíram no escaninho Palavra e Dever da Lubiánka,[17] não foram

---

[17] Edifício neobarroco localizado na praça Lubiánka, que abrigou os diferentes órgãos da polícia secreta soviética, como a Tcheká, a OGPU,

poucos os cambistas que tiveram suas bocas atulhadas de notas adquiridas ilicitamente, não foram poucos os tabeliães mergulhados em águas escaldantes, não foram poucos os emissários estrangeiros expulsos de Moscou sob a escolta de três vergonhosos puros-sangues amarelos, não foram poucos os cronistas lançados da torre de Ostankino[18] com penas de pato enfiadas no rabo, não foram poucos os escrevinhadores desordeiros afogados no rio Moscou, não foram poucas as viúvas de fidalgos levadas a seus pais com um *tulup* de pele de carneiro, nuas e inconscientes...

Sempre que estou na Catedral Uspênski com uma vela na mão, fico remoendo um mesmo pensamento, secreto e subversivo: e se não existíssemos? O Soberano daria conta sozinho? Seriam suficientes os Artilheiros, o Serviço Secreto e o regimento do Krêmlin?

E sussurro para mim, baixinho, sob o canto do coro:
— Não.

a NKVD e a KGB. Passaram pela prisão da Lubiánka artistas como os poetas Óssip Mandelstam e Serguei Iessiênin, o escritor Aleksandr Soljenítsin e o dramaturgo Vsiévolod Meyerhold, que foi assassinado nas dependências do edifício, mas tambem líderes militares e membros da cúpula do Partido caídos em desgraça. (N. da T.)

[18] Construída em 1967, a torre de telecomunicações de Ostankino é uma das mais altas estruturas sem sustentação do mundo, com 540 metros de altura. (N. da T.)

O repasto de hoje é o habitual, no Palácio Branco. Estamos sentados a mesas de carvalho compridas e sem toalhas. Os criados nos servem *kvas* de pão seco, a sopa do dia, pão de centeio, carne de vaca cozida com cebola e a *kacha* de trigo-sarraceno. Comemos e conversamos em voz baixa sobre os nossos planos. Nossos sininhos balançam silenciosos. Cada ala da *Oprítchnina* tem seus próprios planos: hoje alguns estarão ocupados no Departamento do Serviço Secreto, outros no da Inteligência, outros no da Embaixada, outros no do Comércio. Tenho três tarefas para hoje.

A primeira, encontrar-me com os bufões e aprovar um novo número para o concerto das festividades.

A segunda, *apagar uma estrela*.

A terceira, a incumbência de visitar a clarividente Praskóvia de Tobol.

Estou sentado em meu lugar, o quarto à direita do Pai. Um lugar de honra, e conquistado. Deste meu lado, mais próximos dele estão Chelet, Samossia e Ierókha. O Pai é garboso e robusto, tem o rosto jovial, apesar de ser completamente grisalho. E dá gosto olhar para ele enquanto ceia: come sem pressa, pausadamente. O Pai é o nosso alicerce, a raiz principal, o carvalho no qual toda a *Oprítchnina* se apoia. Ele foi o primeiro a quem o Soberano confiou a Causa. Ele foi o braço direito do Soberano em tempos difíceis e fatídicos para a Rússia. O Pai se tornou o primeiro elo da corrente de ferro da *Oprítchnina*. E a ele outros elos se prenderam como soldas para formar o Grande Anel da *Oprítchnina*, cujas cavilhas pontudas estão voltadas para fora. Com este Anel o Soberano ferrolhou um país podre, doente e em ruínas, ferrolhou-o como a um urso ferido, esvaído em sangue purulento. E o urso recobrou forças nos ossos e na carne, curou as feridas, acumulou gordura, as garras cresceram. Drenamos seu sangue putrefato, envenenado pelos inimigos. Agora o rugido do urso russo faz-se ouvir no mundo inteiro. Não só da China até a Europa, mas também além do oceano o nosso rugido pode ser ouvido.

Vejo que o tele do Pai está piscando em vermelho. As conversações mediatizadas estão proibidas durante a ceia. Todos desligamos os telemóveis. O sinal vermelho significa que é um assunto relativo ao Soberano. O Pai leva o tele de ouro de lei ao ouvido, que retine ao tocar seu sininho:

— Estou ouvindo, Soberano.

Imediatamente todos nos calamos no refeitório. Ouve-se apenas a voz do Pai:

— Sim, Soberano. Entendido. Em um minuto estaremos lá.

O Pai se levanta, nos lança um olhar rápido:

— Vogúl, Komiága, Tiáglo, venham comigo.

A-há. Pela voz do Pai pressinto que algo ocorreu. Levantamos, nos persignamos e deixamos o refeitório. Pela escolha do Pai compreendo que temos pela frente uma tarefa que exige *sabedoria*. Todos os escolhidos têm formação universitária. Vogúl estudou Tesouraria em São Petrogrado, Tiáglo atuou na produção de livros em Nijni-Nóvgorod, e eu entrei na *Oprítchnina* quando estava no terceiro ano do Departamento de História da Universidade Estatal Mikhail Lomonóssov de Moscou. Bem, eu não entrei... Na *Oprítchnina* não se entra. A gente não escolhe. Ela é que escolhe você. Ou, mais exatamente, como diz o próprio Pai, quando bebe e

cheira um pouco: "A *Oprítchnina* nos arrasta como uma onda". Ah! Como arrasta! Arrasta de modo que a cabeça se põe a girar, o sangue ferve nas veias e nos olhos cintilam faíscas rubras. Mas a mesma onda pode também nos arrastar para fora. Arrastar-nos para fora, do dia para a noite, *irremediavelmente*. E isso é pior do que a morte. Cair para fora da *Oprítchnina* é o mesmo que perder as duas pernas. Pelo resto da vida não poderemos mais andar, apenas rastejar...
Saímos para o pátio. Do Palácio Branco até o Vermelho do Soberano é um passo. Mas o Pai se dirige aos nossos puros-sangues. Significa que não vamos conversar no Krêmlin. Acomodamo-nos nos carros. O puro-sangue do Pai é excelente — grande, vistoso, baixo, vidros com três dedos de espessura. Foi muito bem-feito pelos mestres chineses, que chamam isso de *Tezhoudé* — encomenda especial. No para-choque há uma cabeça de pastor-alemão e, no porta-malas, uma vassoura de aço. O Pai segue em direção ao portão Spásski. Posicionamo-nos atrás dele. Ao sair, passamos pelo cordão dos Artilheiros. Seguimos pela Praça Vermelha. Hoje é dia de feira, os vendilhões ocupam quase toda a praça. Os pregoeiros gritam, os mascates do hidromel assobiam, os mercantes de *kalátch*[19] ecoam com vozes graves, os chineses cantam. O sol brilha, faz frio, e há neve acumulada da noite. Tudo é alegria na principal praça do nosso país, tudo é música. Quando pequeno, eu via uma Praça Vermelha completamente diferente — grave, austera, amedrontadora, com aquele bloco de granito onde ficava o cadáver do perpetrador do Tumulto Vermelho. E naquele tempo, bem ao lado, ficava o cemitério de seus comparsas. Um quadro sombrio. Mas o pai do Soberano derrubou esse bloco de granito, enterrou o cadáver do revoltoso zarolho e destruiu o cemitério. Depois mandou

---

[19] Pão de trigo em forma de cadeado. (N. da T.)

caiar as muralhas do Krêmlin. E a principal praça do país se tornou verdadeiramente Bela.[20] E graças a Deus!

Vamos em direção ao hotel Moscou, passando, na Mokhováia, pelo hotel Nacional, pelos teatros Bolchói e Máli e pelo Metrópole, para alcançar a praça Lubiánka. Bem que achei que a conversa seria no Serviço Secreto. Na praça contornamos o monumento de Maliúta Skurátov.[21] Lá está o nosso fundador, em bronze, salpicado de neve, meio corcunda, baixo, troncudo, braços compridos e o olhar fixo sob as sobrancelhas hirsutas. Da profundeza dos séculos ele observa a nossa Moscou como um olho vigilante do nosso Soberano, olha para nós, os herdeiros da Grande Causa da *Oprítchnina*. Olha e guarda silêncio.

Aproximamo-nos da entrada esquerda, o Pai buzina. A porta se abre, entramos no pátio interior do Departamento, paramos e descemos de nossos puros-sangues. E entramos no Departamento do Serviço Secreto. Toda vez que caminho sob suas abóbadas revestidas de mármore cinza, com as tochas e cruzes austeras, meu coração dispara, bate de outro modo. Um batimento diferente, especial. O batimento dos Assuntos Secretos do Estado.

Um bravo e elegante *sôtnik* nos acolhe, vestido com seu uniforme azul, e faz as honras. Ele nos acompanha até o elevador, que nos conduz até o último andar, diante do gabinete do chefe do Serviço Secreto, Terenti Bogdánovitch Butur-

---

[20] Há aqui um jogo semântico com a palavra *krásnaia*, que pode significar "vermelha" e também "bela". (N. da T.)

[21] Líder da *Oprítchnina* durante o reinado de Ivã, o Terrível. A estátua ficcional de Maliúta na praça Lubiánka faz alusão à estátua de Félix Dzerjínski, fundador da Tcheká, que ocupou a praça de 1958 a 1991. (N. da T.)

lín, príncipe e amigo íntimo do Soberano. Entramos no escritório — primeiro entra o Pai, seguido por nós. Buturlín nos recebe. O Pai lhe estende a mão e nós fazemos uma profunda reverência. Buturlín tem um rosto severo. Ele convida o Pai a sentar-se e se acomoda diante dele. Enfileiramo-nos atrás do Pai. O rosto do chefe do Serviço Secreto é terrível. Terenti Bogdánovitch não gosta de gracejos. Em compensação, gosta de zelar pelos aspectos mais complexos e importantes da Causa, de deslindar conspirações, de capturar espiões traidores, de exterminar a subversão. Ele permanece sentado sem dizer nada e nos lança olhares enquanto desfia seu rosário de ossos. Depois pronuncia a seguinte frase:
— Uma pasquinada.
O Pai fica calado, espera. Nós também estamos petrificados, sem respirar. Com um olhar perscrutador, Buturlín acrescenta:
— Contra a família do Soberano.
O Pai se contorce na poltrona de couro, franze o cenho, começa estalar os dedos fortes. Permanecemos imóveis atrás dele. Buturlín dá uma ordem e as cortinas do gabinete descem. Penumbra. O chefe do Serviço Secreto dá outro comando. E na penumbra aparecem suspensas palavras extraídas da Rede Russa. Elas brilham, flutuando na escuridão:

O LOBISOMEM NO INCÊNDIO

Anônimo Bem-Intencionado

Procuram os bombeiros,
Procura a polícia,
Procuram os vigários
Na capital nossa.
Há tempos procuram

E nada de acharem
O conde de tal,
Trint'anos de idade.

Estatura mediana,
Sombrio, pensativo,
Em fraque apertado,
Sempre bem-vestido,
Ouriço em brilhante
No anel de sinete —
E nada mais
Dele é sabido.

São muitos os condes,
Todos bem-vestidos,
Sombrios, pensativos,
De fraque elegante,
Que pelos brilhantes
Foram cativados —
Que vida mais doce,
Que belo regalo!

Quem é, d'onde vem?
Que bicho ele é?
Seria ele o conde de tal,
Tão procurado na capital?
O que terá feito o fidalgo?
Por que nos salões
Anda falado?

Um dia um Rolls-Royce
Vagando em Moscou
Levava esse conde
Sombrio feito grou:

Apertando os olhinhos,
Bocejava carrancudo
E cantava um Wagnerzinho
O conde macambúzio,
Quando viu de repente
Na janela logo em frente
A marquesa alvoroçada
Em meio ao fogo e à fumaça.

O povo curioso
Se juntou na calçada,
Para as chamas olhava
Com olhos maldosos:
A casa que queimava
Era de gente abastada!

Sem perder um minuto sequer,
Precipita-se o conde
Do Rolls-Royce aconchegante,
Corta o caminho de um idiota qualquer
E escala o cano d'água adiante.

Terceiro andar,
O quarto, o quinto,
O último, enfim,
Tomado pelo incêndio.
Um grito de horror
E ainda um gemido —
As chamas lambendo
O terraço bonito.

Pálida e nua,
À janela, que é seu palco,
Na baldosa espuma

Da fumaça cinza-escura
A marquesa se debate;
E o clarão de uma chama
Seu colo branco alumbra.

O conde se apruma,
Tem mãos poderosas,
Encosta no vidro,
Golpeia com força,
Golpeia com ímpeto.
Voam estilhaços,
E a gentalha calada
Agora o aclama
Fazendo estardalhaço.

Mais um golpe e o caixilho trepida,
O conde o entorta, retorce, persiste,
Transpassa a janela num passe,
Rasgando seu fraque.
"Louco... Insensato...",
A plateia cochicha.

Eis que à janela
Ele surge, se ajeita,
Enlaça a marquesa,
Ao peitilho a estreita.
Circula ao redor
A fumaça cinzenta,
O fogo rubente
Tremula reluzente.

Os seios da mulher,
O conde os espreme.
Os lábios, tão ternos,

O conde busca e geme.
E a gentalha toda viu,
E o povo viu igual:
Irromper na fumaça
Um falo colossal!

A turba que olhava
Lá de baixo observou
Como ele, a tiritadas,
A marquesa penetrou,
Como eles, sacudindo,
Debateram-se à janela,
A marquesa e o conde,
E sumiram
Pra Deus sabe onde!

Mistura-se à fumaça
Uma nuvem de poeira,
Bombeiros socorrem,
Seus carros acorrem,
Recua a populaça,
Os "milícias" apitam,
Os elmos dos rapazes
Sob o sol cintilam.

Logo dispersam-se
Os elmos de cobre.
Escadas se erguem,
Os bombeiros sobem.
Vestindo Teflon,
Adentram, sem temor,
Um após outro,
A fumaça e o calor.

Das chamas se levanta
Uma nuvem miasmática,
As bombas disparam
Torrentes de água.
O velho lacaio
Aos bombeiros conclama:
Salvem, irmãos,
A minha dama!

Os bombeiros respondem
Em coro fraterno:
"Não há dama alguma
Em todo esse prédio,
Buscamos, buscamos,
A tudo vasculhamos,
E em lugar algum,
Sua marquesa encontramos!"

Chora o lacaio,
E arranca as suíças ralas.
Todos olham fixo
O balcão enegrecido...
Ressoa de repente
de um velho cão o ganido,
logo convertido
em gemido aflitivo.

Viram-se todos:
O Rolls-Royce ao partir
Ferira o cachorro
E levou na cabine
Tenebrosa figura —
Apenas o ouriço
Em brilhante fulgura!

Vladímir Sorókin

A ralé congelada
Na calçada molhada.
Dá uma última olhada
No Rolls-Royce a fugir.
E o carrão luxuoso
Some aos olhos de todos
Com um ronco deleitoso
Para longe partir...

Procuram os bombeiros,
Procura a polícia,
Procuram os vigários
Na capital nossa.
Há tempos procuram
E nada de acharem
O conde de tal,
Trint'anos de idade.

E vocês, meus senhores, será que não viram
Nenhum lobisomem no Salão Malaquita?

A última linha se apaga. O poema faccioso se dissolve na escuridão. As cortinas sobem. Buturlín permanece calado. Fixa seus olhos castanhos no Pai. E o Pai lança um olhar para nós. É claro como o dia a quem se dirige essa pasquinada. Pelos nossos olhos o Pai compreende que não há nenhuma dúvida: aquele conde soturno com o ouriço de brilhante no anel de sinete não é outro senão o conde Andrei Vladímirovitch Urússov, genro do Soberano, professor de direito penal, membro efetivo da Academia de Ciências da Rússia, presidente honorário do Palácio da Alta Tecnologia, presidente da Associação Pan-Russa de Hipismo, presidente da Associação de Assistência à Navegação Aérea, presidente da Associação Russa de Pugilato, vice-presidente do Tesouro Oriental, proprietário do porto Sul, proprietário dos mercados Izmáilovski e Donskói, proprietário da Sociedade de Construção Empreiteiro Moscovita, proprietário da empresa Tijolo Moscovita e coproprietário das Estradas de Ferro Ocidentais. E a alusão ao Salão Malaquita também é muito clara: trata-se de um novo recinto, construído sob a sala de concertos do Krêmlin para repouso do Círculo Interno e dos favoritos. É nova e, por isso, está na moda. De fato, a construção do Salão Malaquita suscitou muitas questões insidiosas. Muitos e muitos contestadores...

— Está claro, *oprítchniks?* — pergunta Buturlín.

— Perfeitamente, príncipe — responde o Pai.

— O negócio é encontrar o farsista.

— Acharemos o verme, onde quer que esteja — assente o Pai.

E, esfregando com ar pensativo a sua barba rala, pergunta:

— O Soberano está a par?

— Está — ouve-se uma voz majestosa, e nós nos inclinamos em reverência, tocando o tapete com a mão direita.

A face do Soberano surge no ar dentro do gabinete. De rabo de olho observo a moldura dourada e reluzente ao redor de seu rosto estreito e tão amado, com uma pequena barba castanha e um bigode fino. Levantamo-nos. O Soberano nos olha com seus olhos azul-acinzentados, expressivos, perscrutadores e penetrantes. Seu olhar é incomparável. Não se confunde com nenhum outro. Por esse olhar estou disposto a dar a vida sem hesitar.

— Eu li, li — pronuncia o Soberano. — Foi escrito com engenho.

— Meu Senhor, asseguro que encontraremos o farsista — diz Buturlín.

— Não tenho dúvidas. Embora, devo confessar, Terenti Bogdánovitch, que não é isso o que me preocupa.
— O que o preocupa, Soberano?
— O que me preocupa, meu caro, é saber se é verdade ou não tudo o que está descrito nesse poema.
— O quê, exatamente, Soberano?
— Tudo.
Buturlín hesita.
— Soberano, tenho certa dificuldade em lhe responder de imediato. Permita-me dar uma olhada no boletim do Departamento dos Bombeiros?
— Príncipe, nenhum informe de bombeiros é necessário — os olhos transparentes do Soberano penetram Buturlín.
— É necessário o depoimento de uma testemunha ocular do ocorrido.
— Quem o senhor tem em mente, Soberano?
— O herói do poema.
Buturlín emudece e troca um olhar com o Pai. Os músculos faciais do Pai tornam suas maçãs do rosto mais proeminentes.
— Soberano, não temos direito de interrogar nenhum membro da sua família — pronuncia o Pai.
— Mas não estou obrigando-o a interrogar quem quer que seja. Simplesmente quero saber se é verdade ou não tudo o que está lá escrito.
Novamente o silêncio inunda o gabinete. Apenas a imagem luminosa do Soberano resplandece em cores iridescentes.
— E então, por que estão todos calados? — sorri o nosso Soberano. — Sem mim a coisa não vai andar?
— Sem o nosso Soberano nada pode avançar —- inclina a cabeça calva o experiente Buturlín.
— Está bem, que seja — suspira o Soberano. E chama em voz alta: — Andrei!
Em quinze segundos aparece à direita da face do Sobe-

rano uma imagem reduzida do conde Urússov, em uma pequena moldura azul-violeta.

Pelas faces cavadas e pesadas do conde vê-se que ele já leu o poema, e mais de uma vez.

— Saudações, meu Pai — o conde inclina sua grande cabeça orelhuda, enfiada no pescoço curto, com a fronte estreita e o rosto com traços fortes, seus cabelos castanhos ralos no cocuruto.

— Saudações, saudações, caro genro — os olhos azul-acinzentados olham impassíveis. — Leu o poema sobre você?

— Li, meu Pai.

— Não está mal escrito, que o diabo o carregue! E meus acadêmicos vivem repetindo que não temos bons poetas!

O conde permanece calado, os lábios finos apertados. Sua boca demasiado grande, como a de uma rã.

— Diga-nos, Andrei, é verdade?

O conde permanece calado, baixa os olhos, inspira o ar, resfolega e expira com cautela:

— É verdade, meu Soberano.

Agora é o Soberano que fica pensativo, e franze o cenho. Permanecemos em pé e esperamos.

— Quer dizer, então, que você realmente gosta de trepar em incêndios? — pergunta o Soberano.

O conde acena que sim com sua pesada cabeça:

— É verdade, meu Soberano.

— Então é isso... Já me haviam chegado rumores, mas não acreditei neles. Pensei: são calúnias de invejosos. Mas você, então, é exatamente aquilo...

— Soberano, vou lhe explicar tudo...

— Quando começou com isso?

— Soberano, juro por todos os santos, juro sobre a tumba de minha mãe...

— Não jure — exclama o Soberano, e de tal maneira que os cabelos de todos nós ficam eriçados.

Não foi um grito, nem mesmo um ranger de dentes, mas o efeito produzido era como de tenazes incandescentes. A fúria do Soberano é terrível. E o mais terrível é que o nosso Soberano nunca levanta a voz.

O conde Urússov não é homem de se intimidar, é um homem de Estado, um magnata, ricaço dos ricaços, um caçador ávido, capaz, *em princípio*, de enfrentar um urso apenas com uma vara, mas diante daquela voz ele empalidece como um colegial de segundo ano diante do diretor.

— Diga, quando se entregou a tal vício pela primeira vez?

O conde lambe seus lábios ressequidos de rã:

— Soberano, isso... isso começou completamente por acaso... como que, de certa forma, forçado. Ainda que eu seja culpado, é claro... apenas eu... apenas eu... é um pecado meu, só meu, perdoe-me...

— Conte tudo desde o começo.

— Vou contar tudo. Tudo. Sem nada ocultar. Quando eu tinha dezessete anos... estava andando pela rua Ordynka e vi uma casa em chamas, e na casa uma mulher gritava. Os bombeiros ainda não haviam chegado. As pessoas me ajudaram a subir e eu entrei pela janela para ajudá-la. E tão logo ela se atirou ao meu peito... Não sei, Soberano, o que aconteceu comigo... uma espécie de perturbação da mente... e além do mais, para dizer a verdade, essa mulher não era nenhuma beldade, era uma mulher de meia-idade... enfim... eu... enfim...

— E então?

— Enfim, eu a possuí, Soberano. Em seguida, a custo conseguiram nos retirar do fogo. Depois desse fato, eu mesmo não entendia o que se passava comigo, só me lembrava daquilo. Um mês depois, fui a São Petrogrado. Caminhava pela avenida Litêini, um apartamento pegava fogo no terceiro andar. Minhas pernas conduziram-me até lá contra a minha vontade. Arrombei a porta. Não sei de onde tirei toda essa força. E lá dentro estava uma mãe com uma criança. Ela a apertava contra o peito e berrava pela janela. Então eu me colei a ela por trás... Depois, uns seis meses mais tarde, uma tesouraria pegou fogo em Samara, onde eu tinha ido com meu finado pai a uma feira, e então...

— Basta! Foi a casa de quem que pegou fogo, nessa última vez?

— Da princesa Bobrínskaia.

— Por que motivo esse poetastro chama uma princesa russa de marquesa?

— Desconheço o motivo, Soberano... Talvez por ódio à Rússia.

— Está bem. Agora diga honestamente: foi você quem incendiou a casa de propósito?

O conde fica estupefato, como que mordido por uma serpente. Ele baixa seus olhos de lince. Silencia.

— Pergunto: você incendiou aquela casa?

O conde suspira pesadamente.

— Não sei mentir, Soberano. Incendiei.

O Soberano permanece em silêncio. Depois declara:

— Não serei o juiz de seu vício: cada um de nós responderá perante Deus. Mas não o perdoarei por esse incêndio. Fora!

A imagem de Urússov desaparece. Permanecemos os quatro sozinhos com o Soberano. Sua fronte exprime tristeza.

— Hm... — suspira o Soberano. — E a esse animal eu confiei minha filha.

Ficamos em silêncio.

— Veja só, príncipe — prossegue o Soberano. — É um assunto de família. Eu mesmo vou resolver isso.

— Como queira, Soberano. E o que fazer com o farsista?

— Aja conforme a lei. Apesar de que... Não. Isso poderia provocar uma curiosidade nociva. Diga-lhe apenas que de agora em diante não escreva nada semelhante.

— Às suas ordens, Soberano.

— Obrigado a todos pelos serviços prestados.

— Servimos à Pátria! — saudamos.

A imagem do Soberano desaparece. Aliviados, trocamos olhares. Buturlín está andando de um lado a outro pelo gabinete, balançando a cabeça:

— Aquele canalha do Urússov... Cobrir-se de vergonha desse jeito!

— Graças a Deus não cabe a nós resolver isso — o Pai acaricia a barba. — Afinal, quem é o autor?

— Saberemos logo — Buturlín se aproxima de sua mesa de trabalho e se acomoda em sua poltrona. Ele dá uma ordem em voz alta:

— Escritores!

Imediatamente, 128 rostos de escritores surgem no ar do gabinete. Todos eles em pequenos e simples quadros marrons, dispostos e alinhados em um quadrado preciso. Acima do quadrado pairam três rostos ampliados: Pavel Olégov, presidente do Palácio dos Escritores, de barba grisalha e um rosto com uma expressão sofredora imutável, e seus dois adjuntos, ainda mais grisalhos, sombrios e preocupados: Anâni Mêmzer e Pavló Bassínia. E pela expressão aflita desses três rostos, compreendo que não é uma conversa simples o que os espera.

— Nós já vamos, Terenti Bogdánovitch — o Pai estende a mão ao príncipe. — Os escritores são assunto seu.

— Passar bem, Borís Boríssovitch — Buturlín estende a mão ao Pai.

Nós saudamos o príncipe e saímos logo depois do Pai. Seguimos pelo corredor até o elevador, acompanhados pelo bravo *sôtnik*.

— Diga, Komiága, por que esse tal Olégov está sempre com essa fuça tão triste? O que é que ele tem? Os dentes lhe doem? — pergunta-me o Pai.
— O que lhe dói é a alma, Pai. Pela Rússia.
— Essa é boa... — o Pai assente com a cabeça. — O que ele escreveu? Você sabe que estou longe disso.
— *O forno russo e o século XXI*. Um calhamaço pesado. Não consegui chegar até o final...
— Forno, que coisa excelente... — o Pai suspira com ar pensativo. — Principalmente quando dentro dele há uma torta de fígado... Você vai para onde agora?
— Ao teatro do Krêmlin.
— Ótimo! — acena com a cabeça. — Fique de olho, atenção. Os bufões inventaram algum número novo por lá...
— Estarei atento, Pai — aceno com a cabeça.

A sala de concertos do Krêmlin sempre me deixa arrebatado. Foi assim também vinte e seis anos atrás, quando estive aqui pela primeira vez com meus finados pais para assistir a *O lago dos cisnes*, quando, no entreato, comi panquecas com caviar vermelho, quando, do bufê, chamei meu amigo Pachka pelo telemóvel de meu pai, quando urinei no amplo toalete, quando admirei as bailarinas misteriosas de tutus brancos como a neve, e é assim até hoje, quando os primeiros cabelos brancos me polvilham as têmporas.

Uma sala magnífica! Tudo aqui é solene, tudo arrumado para as celebrações nacionais, tudo *justo*. Há apenas uma coisa ruim — nem sempre é *justo* o que acontece no palco dessa sala imponente. Também aqui a subversão se infiltra. Mas é por isso mesmo que estamos aqui, para, em nome da ordem, aniquilar a subversão.

Sentamos na sala vazia. À minha direita está o encenador. À esquerda, o supervisor do Serviço Secreto. À frente está o príncipe Sobákin, do Círculo Interno. Atrás, o assistente-chefe da Câmara de Cultura. Gente muito séria, homens de Estado. Assistimos ao concerto preparado para as festividades que se aproximam. Ele começa vigoroso, retumbante: uma canção sobre o Soberano faz vibrar a sala na penumbra. O coro do Krêmlin canta bem. Sabemos cantar bem na nossa Rus. Especialmente se a canção vem da alma.

A canção termina, os rapazes com camisas estampadas fazem saudações, as mocinhas vestidas com sarafans e *koko-*

chnikis[22] também fazem saudações. Feixes de trigo se inclinam, iridescentes como um arco-íris, inclinam-se também salgueiros sobre o rio congelado. O brilho do sol é tão natural que até queima os olhos. É bom. Aprovo. E todos os presentes aprovam. O encenador de cabelos compridos está satisfeito.

A canção seguinte é sobre a Rússia. Aqui tampouco surgem objeções. É uma peça intensa, já testada. Em seguida vem uma representação histórica: sobre a época de Ivã III. Tempos difíceis, fatídicos. Está em curso uma luta dura pela unificação do Estado Russo, um Estado jovem e frágil, que mal se colocou em pé. Trovões ecoam sobre o palco, relâmpagos faíscam, os guerreiros das tropas de Ivan irrompem por uma brecha, um metropolita ergue uma cruz, envolta no esplendor das chamas, submetem a subversiva cidade de Nóvgorod, que se opôs à unificação da Rússia, põem de joelhos os renegados da Terra Russa, mas o grande príncipe Ivan Vassílievitch, com benevolência, toca suas cabeças com uma espada:

— Não sou vosso inimigo nem vosso adversário. Salvei-vos como pai e defensor. Vós e todo o reino da grande Rússia.

Sinos repicam. Brilham as luzes do arco-íris sobre Nóvgorod e sobre toda a Rússia. Cantam pássaros celestiais. Os novgorodianos fazem reverências e choram de alegria.

É bom, é *justo*. Precisamos apenas escolher guerreiros mais encorpados e um metropolita mais velho e de aspecto mais digno. E não precisa daquela correria no fundo do palco. E os pássaros voam baixo demais e tiram a atenção. O encenador aceita as sugestões e toma notas em seu caderno.

O próximo número é uma página do passado recente,

---

[22] Enfeite usado na cabeça pelas mulheres na Rússia antiga. (N. da T.)

turbulento e triste. A praça das três estações em Moscou, nos anos do maldito Tumulto Branco. A praça está repleta de gente simples do povo, que foi arrastada de suas casas pela onda dos revoltosos e é obrigada a comercializar qualquer coisa em troca de um pedaço de pão, que lhe foi retirado pelos governantes criminosos. Minha memória de infância se lembra daqueles tempos *purulentos*. A época do Pus Branco, que envenenou o nosso Urso russo... Essa gente russa se encontra na praça com chaleiras, frigideiras, blusas e até sabonetes e shampoo nas mãos. Lá estão os refugiados e os sobreviventes que afluem a Moscou fugindo da desgraça. Lá estão os velhos e mutilados de guerra, veteranos e heróis da labuta. Que amargor ao ver essa multidão. O céu paira sombrio e úmido sobre ela. Uma música triste soa do fosso da orquestra. E de repente, como um raio pálido de esperança a cortar esse quadro sombrio, surgem no centro do palco três crianças abandonadas, rejeitadas pelo mundo. Duas mocinhas com roupas esfarrapadas e um menino imundo com um ursinho de pelúcia nas mãos. A flauta tímida da esperança se anima, ressoa e desperta, e sua voz fina se eleva. Emerge da praça sombria e *purulenta* uma comovente canção infantil:

> Ouço a voz do belo porvir —
> No orvalho de prata, uma voz matinal.
> Ouço a voz, e a estrada convida,
> E gira a cabeça como um carrossel.
>
> Belo porvir, não seja cruel,
> Não seja cruel comigo, não seja!
> Da mais pura fonte ao belo porvir,
> Ao belo porvir a jornada começa.
>
> Ouço a voz do belo porvir —
> Ela me atrai para estranhas terras.

O dia de um oprítchnik

Ouço a voz, que pergunta, ríspida:
O que hoje para o amanhã eu fizera?

Belo porvir, não seja cruel,
Não seja cruel comigo, não seja!
Da mais pura fonte ao belo porvir,
Ao belo porvir a jornada começa...

Lágrimas me inundam. No meu caso, evidentemente, isto se deve *à ressaca*. Mas o nariz do garboso príncipe Sobákin escorre com toda a naturalidade. Ele tem uma família grande, muitos netinhos. O homenzarrão, o supervisor do Serviço Secreto, permanece sentado como uma estátua. É compreensível — eles têm nervos de aço, estão prontos para tudo. O gorducho assistente-chefe encolhe os ombros como se sentisse frio, mas percebe-se que ele também está lutando com as lágrimas. Isso tocou fundo nessa gente inveterada. É surpreendente...

O Soberano despertou em nós não apenas o orgulho pelo nosso país, mas também a compaixão por seu passado penoso. Três crianças russas nos estendem a mão do passado, de um país humilhado e ultrajado. E não podemos ajudá-las em nada.

Está aprovado.

Em seguida vem *O dia de hoje*. Uma abundância sem par. O grupo Moissêiev apresenta danças de todos os povos da grande Rússia. Aqui está tanto a suave dança dos tártaros, a impetuosa dança circular dos cossacos com sabres desembainhados, a quadrilha de Tambóv, ao som de seu acordeão, também a dança acrobática de Nijni-Nóvgorod, com suas matracas e apitos, e ainda a dança em roda da Tchetchênia, com seus urros e ululos, os pandeiros dos iacutes, as peles de marta dos tchuktchis, e as renas dos coriacos, e os carneiros dos calmuques, as sobrecasacas dos judeus e as danças russas, russas, russas até não poder mais, danças vertiginosas, fogosas, que unem todos e os reconciliam.

Não há o que objetar ao legendário grupo.

Mais dois números: *Balalaicas voadoras* e *A moça apressada para o encontro*. Bem, esses já são clássicos — tudo bem-acabado, conferido e aprovado. Não se trata de um número, mas de um regalo para os olhos. Quando vemos, é como se deslizássemos em um trenó colina congelada abaixo. O supervisor aplaude. Nós também. Bravo, artistas do Soberano!

Agora vem um breve número literário: *Salve, Arina Rodiónovna, alma minha!*[23] É um número antigo, um tanto arrastado. Mas o povo gosta muito e o Soberano o estima. O evasivo assistente-chefe aconselha rejuvenescer Púchkin: faz doze anos que quem o interpreta é sempre o mesmo ator, Khápenski, já um pouco maduro. Mas a gente sabe que é inútil: esse ator é um dos favoritos da Soberana. O encenador encolhe os ombros e fica sem saber o que dizer:

— Não é do meu alcance, senhores, compreendam...

Compreendemos.

E eis que chegamos ao principal. Um novo número sobre um tema na ordem do dia: *Tome essa!*

Todos nos remexemos e ficamos retesados em nossas poltronas. O palco está escuro, só o vento uiva, até que surgem dombras[24] e balalaicas. A lua desponta entre nuvens e tudo é iluminado por uma luz pálida. No centro do palco está o Terceiro Gasoduto Ocidental, aquele mesmo que nos úl-

[23] Arina Rodiónovna foi a babá de Aleksandr Púchkin, o maior poeta russo. Ela é creditada por ter apresentado ao jovem nobre o folclore e o idioma do povo russo, visto que a nobreza da época era educada em francês. (N. da T.)

[24] Instrumento de cordas da família do alaúde, muito popular na Ásia Central. (N. da T.)

timos dezoito meses tem provocado tanta barulheira, tantas diligências e tantas petições. No palco, o gasoduto se estende e se arrasta através de campos e florestas russas, cintila na penumbra, vai de encontro à Muralha Ocidental, onde passa por uma válvula com a inscrição "Fechado", atravessa a Muralha e segue adiante rumo ao Ocidente. Junto à Muralha está o nosso artilheiro da fronteira com sua metralhadora de raios, observando pelo binóculo o lado de lá. De repente, as dombras e as balalaicas se inquietam, põem-se a entoar baixos de alerta, e ao lado da válvula sobressai da terra um montículo de toupeiras. Logo depois, uma toupeira sabotadora de óculos escuros surge do montículo e olha ao redor, fareja, saltita, agarra-se à válvula, gruda-se a ela com todas as suas forças e, com auxílio de seus dentes enormes — vejam só —, gira a válvula e solta o gás! Mas um raio fulminante é disparado do alto do muro e corta a toupeira ao meio. As tripas da toupeira caem estraçalhadas, a ladra sabotadora uiva e exala seu último suspiro. A luz acende, pulam do muro três guarda-fronteiras jovens e audaciosos, pulam com valentia, com cambalhotas e assobios exultantes. Um deles leva nas mãos um acordeão, o outro, um tamborim, o terceiro, colheres de madeira. E levam nas costas suas metralhadoras automáticas, fiéis e certeiras. Esses bravos guardas dançam e cantam:

> A válvula nós fechamos,
> Como ordenou o Soberano.
> O inimigo decidiu sorver
> Nosso gás, como sempre fez.
>
> "Não!", dissemos juntos,
> Nosso olhar é astuto,
> A parasita "Europa-Gas"
> Já se fartou do nosso gás.

Os *cyberpunks* não se aguentam —
Oriundos das terras do gelo,
Eles crescem como cogumelos
Na Muralha e nos envenenam.

São cada vez mais descarados...
Mas saibam que temos o poder
De um gás tal vos oferecer
Que logo morrerão sufocados!

Um dos guarda-fronteiras abre a válvula, os outros dois pulam para uma extremidade do gasoduto, ajustam os traseiros e soltam peidos nele. Uivando ameaçadora, a rajada jovial passa pelo tubo, atravessa a Muralha e... ouvem-se uivos e lamentos vindos do Ocidente. Soa o acorde final, os três valentes sobem no gasoduto e, como gesto de vitória, erguem as metralhadoras automáticas. Cai o pano.

Os ilustres espectadores se agitam. Olham para o príncipe Sobákin. Ele torce o bigode, pensativo. E diz:

— Bem, o que acharam, senhores?

O assistente-chefe:

— Vejo um evidente elemento de obscenidade. Embora a coisa seja atual e tenha uma "centelha".

O supervisor:

— Em primeiro lugar, não me agrada o fato de matarem o espião do inimigo, em vez de o apanharem vivo. Em segundo lugar, por que são apenas três guarda-fronteiras? O posto de fronteira, pelo que me consta, é composto por uma dúzia de homens. Então, tem que colocar doze. Assim a rajada seria mais poderosa...

Eu:

— Concordo no que se refere ao número de guardas. O espetáculo é necessário e atual. Mas há, sim, um elemento de obscenidade. E o nosso Soberano, como se sabe, defende a virtude e a pureza no palco.

O príncipe Sobákin permanece calado e consente com a cabeça. Depois diz:

— Digam, senhores, o gás sulfídrico peidado por nossos valentes guerreiros é inflamável?

— É inflamável — o supervisor confirma com segurança.

— Se é inflamável — continua o príncipe, torcendo o bigode —, por que então a Europa temeria nossas rajadas? Vejam só o que significa ser um membro do Círculo Interno! Vai logo à raiz das coisas! Os peidos russos poderiam aquecer as cidades europeias! Todos ficam pensativos. E até eu me culpei mentalmente: não me dera conta de tamanha obviedade. Por outro lado, formei-me na área de humanas...

O encenador empalidece, tosse com nervosismo.

— É... um estorvinho... — o supervisor coça o queixo.

— Uma falha no roteiro! — adverte o assistente-chefe com o dedo gorducho em riste. — Quem é o autor?

Na penumbra da sala surge um homem mirrado, de óculos, vestindo um camisão.

— Que cabeçada foi essa, meu caro? Esse tema do gás é velho como o mundo! — exclama o assistente-chefe.

— Sou culpado, vou corrigir.

— Corrija, meu caro, corrija — boceja o príncipe.

— Mas não se esqueça de que o ensaio geral será depois de amanhã! — diz o supervisor em tom severo.

— Claro que vamos conseguir.

— Outra coisa — acrescenta o príncipe. — Quando o raio corta a sua toupeira ao meio, as tripas se espalham. É um pouco excessivo.

— Perdão, vossa excelência?

— As tripas. O naturalismo aqui está fora de lugar. Menos tripas, meu amigo.

— Às suas ordens. Vamos corrigir tudo.
— E quanto à obscenidade? — pergunto.

O príncipe me olha com o rabo do olho:
— Não se trata de obscenidade, senhor *oprítchnik*, mas do saudável humor do exército, que ajuda nossos Artilheiros a suportar seu árduo serviço nos confins da Pátria.

Lacônico. Nada a discutir. O príncipe é inteligente. E a julgar pelo seu olhar oblíquo e frio, não gosta nada de nós, *oprítchniks*. Bem, a gente compreende isso: pisamos os calcanhares do Círculo Interno, respiramos na nuca deles.

— O que vem agora? — pergunta o príncipe, sacando uma lixa de unha.

— A ária de Ivan Sussánin.[25]

Isso já não preciso ver. Levanto-me, despeço-me e me dirijo à saída. De repente, na escuridão, alguém me agarra pelo braço:

— Senhor *oprítchnik*, imploro!

É uma mulher.

— Quem é você? — arranco o braço.

— Eu imploro, ouça! — um sussurro impaciente e confuso. — Sou a mulher do tabelião Korétski, que está preso.

— Fora, rebento da *zêmschina*!

— Eu imploro! Imploro! — ela cai de joelhos, agarra minhas botas.

— Cai fora! — dou-lhe um chute no peito.

Ela tomba no chão. E logo depois sinto outras mãos cálidas de mulher e ouço um sussurro:

— Andrei Danílovitch, nós lhe imploramos, lhe imploramos!

---

[25] Da ópera *Ivan Sussánin* (1836), de Mikhail Glinka, que reconta a história de um camponês que teria salvado a vida do tsar Mihkail I (1596-1645), o fundador da dinastia Románov. (N. da T.)

Tiro o punhal da bainha:
— Fora, suas cadelas!
As mãos magricelas recuam na escuridão:
— Andrei Danílovitch, não sou uma cadela. Sou Uliana Serguêievna Kozlôva.
Vejam só! A *prima ballerina* do Bolchói. A favorita do Soberano, a melhor de todas essas Odiles e Giseles... Não a reconheci na escuridão. Examino com atenção. É ela. A miserável da *zêmschina* jaz de bruços. Guardo o punhal:
— O que deseja, minha senhora?
Kozlôva se aproxima. Seu rosto, como o de todas as bailarinas, é bem mais sem graça na vida real do que no palco. E ela não é nada alta.

— Andrei Danílovitch — ela murmura, olhando com o rabo do olho para o palco na penumbra, onde Sussánin, vestido um *tulup* e segurando um cajado, canta sem pressa a sua ária —, imploro por sua proteção, imploro em nome de todos os santos, imploro de coração! Klávdia Lvóvna, madrinha de meus filhos, minha amiga mais próxima e mais querida, é uma mulher honesta, pura, temente a Deus. Juntas construímos uma escola para os órfãos, um abrigo de órfãos, espaçoso, feito com esmero, e ali os órfãos estudam. Eu lhe imploro, nós lhe imploramos, depois de amanhã vão deportar Klávdia Lvóvna, falta um dia, eu lhe peço como cristão, como homem, amante do teatro, homem de cultura, nós seremos para sempre vossas devedoras, rezaremos pelo senhor e pela vossa família, Andrei Danílovitch...
— Não tenho família — interrompo.
Ela se cala. Olha para mim com seus grandes olhos úmidos. Sussánin canta "É chegado o meu tempo!" e faz o sinal da cruz. A viúva da *zêmschina* permanece atirada ao chão.
Pergunto:
— Por que você, a favorita da família do Soberano, se dirige a mim?

— O Soberano está muito furioso com o antigo presidente e todos os seus assessores. Não quer nem ouvir falar de indulto. O tabelião Korétski escreveu, ele mesmo, aquela carta aos franceses. Mas o Soberano não quer nem ouvir falar dos Korétski.

— Por isso mesmo: o que posso eu fazer?

— Andrei Danílovitch, a *Oprítchnina* tem o poder de fazer milagres.

— Minha senhora, a *Oprítchnina* cumpre a Palavra e o Dever do Soberano.

— O senhor é um dos dirigentes desta Ordem poderosa.

— Minha senhora, a *Oprítchnina* não é uma Ordem, mas uma Fraternidade.

— Andrei Danílovitch! Eu lhe imploro! Tenha piedade de uma mulher infeliz. Nessas guerras entre homens somos nós quem mais sofremos. Toda a vida na Terra depende de nós.

Sua voz treme. Ouço a mulher da *zêmschina* soluçando. O assistente-chefe nos olha de soslaio. Pois bem, quase todo dia alguém nos solicita algo ou intercede por alguém. Mas Korétski e todo o bando do antigo presidente da Câmara Cívica... são todos duas caras! Melhor nem olhar na direção deles.

— Mande-a ir embora — digo.

— Klávdia Lvóvna, minha querida... — a bailarina se curva sobre ela.

Korétskaia, aos soluços, desaparece na escuridão.

— Vamos para o claro — dirijo-me a uma porta com a inscrição luminosa "saída".

Kozlôva vem atrás de mim. E, em silêncio, deixamos o edifício pela porta de serviço.

Na praça, caminho em direção ao meu puro-sangue. Kozlôva vem atrás. À luz do dia, essa, que é a melhor Gisele de toda a Rússia, fica ainda mais delicada e mais sem graça. Ela esconde o rosto magro em uma suntuosa gola de zibelina. A *prima ballerina* está vestindo uma saia de seda preta, longa e estreita, e em sua extremidade despontam umas botinhas pretas de bico fino, adornadas com pele de serpente. Seus olhos são bonitos — grandes, inquietos e acinzentados.

— Se não se importa, podemos conversar no meu carro — ela indica com a cabeça um Cadillac lilás.

— Melhor no meu — mostro a palma da mão ao meu puro-sangue, e ele, obediente, abre o teto de vidro.

Hoje em dia, nem os coletores de impostos negociam em carros alheios. Nem o mais simplório tabelião do Câmara do Comércio se sentaria no carro de outra pessoa para negociar uma "petição negra".

Sento-me. Ela se senta à minha direita, no único lugar restante.

— Vamos dar uma volta, Uliana Serguêievna — dou partida e deixo o estacionamento do Estado.

— Andrei Danílovitch, fiquei completamente esgotada nesta semana... — ela tira um maço de cigarros Pátria para damas e acende um cigarro. — Há algo de irremediável nesse caso. Acontece que não posso de maneira alguma ajudar minha amiga de infância. E, ainda por cima, amanhã tenho um espetáculo.

— Ela é muito próxima de você?

— Muito mesmo. Não tenho outras amigas. Sabe bem como é em nosso meio teatral...
— Entendo — saio pelo portão Boróvitski, passo pela ponte Bolchói Kámen, sigo a toda a velocidade pela faixa vermelha.

Dando uma tragada no cigarro, Kozlôva olha para as muralhas brancas do Krêmlin, cobertas com uma neve quase imperceptível:

— Sabe de uma coisa, eu estava muito tensa antes do nosso encontro.

— Por quê?

— Jamais imaginei que interceder por alguém seria tão difícil.

— Concordo.

— E além disso... tive um sonho muito estranho hoje: como se na principal cúpula da Catedral Uspênski ainda houvesse aquelas fitas pretas. E o nosso Soberano ainda estava de luto por sua primeira mulher.

— Você conheceu Anastassía Fiódorovna?

— Não. Naquela época eu ainda não era a *prima ballerina*.

Alcançamos a Iakimanka. Em Zamoskvorétchie, como sempre, há muita agitação e muito barulho.

— Então posso contar com a sua ajuda?

— Não tenho como prometer nada, mas posso tentar.

— Quanto vai custar?

— As tarifas são completamente padronizadas. Os casos da *zêmschina*, nos dias de hoje, custam mil moedas de ouro. Os casos dos burocratas, três mil. Agora, um caso da Câmara Cívica...

— Mas não estou pedindo que feche o processo. Estou intercedendo pela viúva.

Diminuo um pouco a velocidade ao passar pela Ordynka. Quantos chineses há por aqui, Santo Deus...

— Andrei Danílovitch! Não me torture!
— Bem... Para você... serão dois e meio. E um aquário.
— De que tipo?
— Ora, não um prateado! — Sorrio com ironia.
— Para quando?
— Se sua amiga será deportada amanhã, então quanto antes melhor.
— Quer dizer hoje?
— Justo.
— Está bem... Por favor, deixe-me em casa, se não for incômodo. Irei buscar meu carro depois. Moro na rua Niejdánova.

Dou meia-volta.
— Andrei Danílovitch, que tipo de dinheiro deve ser?
— De preferência, moedas de ouro da segunda cunhagem.
— Está bem. Espero conseguir esta tarde. Quanto ao aquário... Sabe, eu não "pesco" em aquários dourados. Nós, bailarinas, não ganhamos tanto quanto parece... Mas Lióchka Voroniánski está sentado em ouro. É um grande amigo. Estou contando com ele.

Voroniánski é o primeiro tenor do Teatro Bolchói, um ídolo do povo. Creio que ele não esteja apenas "sentado" no ouro, mas que até coma sobre ele... Volto a atravessar a ponte Kámenni pela faixa vermelha. À direita e à esquerda os carros se aglomeram em congestionamentos intermináveis. Depois da Biblioteca Pública Nestor, passo a Vozdvíjenka, a universidade, e dobro para a Nikítskaia, que caiu em desgraça. Passou pela terceira "varredura" e ficou uma rua mais calma. Até os vendilhões de hidromel e os mascates com seus *kalátch* passam por aqui com cautela e gritam acanhados. As janelas enegrecidas dos apartamentos queimados ainda não foram restauradas. Os canalhas da *zêmschina* têm medo. E bem feito para eles...

Entro na rua Niejdánova e estaciono ao lado do prédio cinza dos artistas. Ele é protegido por um muro de tijolos de três metros de altura encimado por um raio que nunca se extingue... *Justo*...

— Espere aqui, Andrei Danílovitch — a *prima ballerina* sai do carro e desaparece depois da portaria.

Chamo o Pai:

— Pai, vão comprar um "meio caso".
— De quem?
— Do tabelião Korétski.
— Quem?
— Kozlôva.
— A bailarina?
— Isso mesmo. Safamos a viúva?
— Podemos tentar. Vamos ter que repartir bem. O dinheiro é para quando?
— Vai conseguir para a tarde. E... pressinto, Pai, que agora mesmo ela vai me trazer um aquário.
— Ah, isso é muito bom — o Pai pisca para mim. — Se ela trouxer mesmo, vá direto para os banhos.
— Claro!

Kozlôva demora a voltar. Acendo um cigarro. Ligo o telerrádio. Ele permite ver-ouvir aquilo que os nossos compatriotas renegados veem-ouvem com grande dificuldade à noite. Primeiro passo pelas estações clandestinas: Lugarejo Livre está transmitindo a lista dos detidos na noite passada, fala sobre os "verdadeiros motivos" do caso Kunítsin. Idiotas! A quem hoje interessam esses "verdadeiros motivos"... A Rádio Esperança não funciona durante o dia — esses répteis noturnos estão dormindo. Em compensação, a siberiana Pirata está desperta, ressoa a voz de prisioneiros foragidos:

— A pedido de Vovan Ivan e Meio, que vazou da cadeia há três dias, transmitimos uma velha canção de prisioneiros.

Entra um acordeão sonoro e uma voz jovem e rouca entoa:

Na tarimba estiram-se dois focinhos —
Dois amigos saudosos de seu passado.
Um deles de apelido Bacilo,
O outro de Peste é chamado.

Essa Pirata, que pula como pulga pela Sibéria Ocidental, foi pega na unha duas vezes: na primeira, o Serviço Secreto regional a esmagou; na segunda fomos nós. Eles escaparam do Serviço Secreto e se safaram de nós por causa dos aquários chineses. Enquanto negociavam a compra do caso, três dos nossos deslocaram os ombros de três locutores na roda de tortura, e quanto à locutora, Sivolai deu-lhe no ventre como se fosse um urso. Mas o esqueleto da estação ficou intacto, eles compraram um estúdio móvel e os algemados estão no ar outra vez. O Soberano, felizmente, não dá nenhuma atenção a eles. Eles que continuem a uivar suas canções de prisioneiros.

E tudo ao redor bramiu —
Kolimá a tudo descobriu.
Bacilo na neve se perdera,
E aos musgos o Peste volvera...

Capto o Ocidente. É lá que se encontra o principal bastião da subversão antirrussa. Ali, como répteis viscosos em uma fossa séptica, pululam as vozes do inimigo: Liberdade à Rússia!, A Voz da América, Europa Livre, Liberdade, Onda Alemã, Rússia no Exílio, Roma Russa, Berlim Russa, Paris Russa, Brighton Beach Russa, Côte d'Azur Russa.

Sintonizo na Liberdade, a mais furiosa desses canalhas, e de repente caio na mais recente subversão: no estúdio há um poeta emigrado, judas quatro-olhos de peito estreito, velho conhecido nosso, com a mão direita esmigalhada (Poiárok acertou-a com o pé em um interrogatório), o renegado ajusta os óculos antiquados com a mão estropiada e lê em um falsete trêmulo e meio histérico:

Onde houver um par de grafos — parágrafo há!
Onde houver tribunal justo — tramoia também há!
E chega de esperar — desespere-se, irmão!,
Que por direito direito algum lhe concederão!

Judas! Com um simples movimento do dedo afasto o focinho descorado desse liberal. São odiosos, vermes miseráveis que se alimentam de carniça. A frouxidão, a sinuosidade, a voracidade, a cegueira — tudo os aparenta a vermes desprezíveis. Daí decorre que o que distingue os nossos liberais é tão somente a sua arrogância — veneno e pus fétidos que exalam ao redor, envenenando não apenas a humanidade, mas o próprio mundo de Deus, emporcalhando, manchando sua pureza sagrada e sua simplicidade até chegar no infinito azulado, marcando a abóbada celeste com a baba viperina de seu escárnio, zombaria, desdém, duplicidade, suspeita, desconfiança, inveja, maldade e indecência.

A Liberdade à Rússia! está se queixando do "arbítrio aniquilado", a Possolôn,[26] dos velhos crentes, resmunga sobre a venalidade dos hierarcas supremos da Igreja Ortodoxa Russa, a Paris Russa lê o livro de Iossaf Bak, *A gesticulação histérica como meio de sobrevivência da Rússia contemporânea*, a Roma Russa transmite um jazz estridente e simiesco, e a Berlim Russa, um embate ideológico entre dois emigran-

---

[26] Termo da tradição ortodoxa russa referente ao movimento da procissão, durante as orações, quando feito em direção ao Sol. Foi tema de discussão na ortodoxia, em especial nos séculos XV e XVII. (N. da T.)

tes cretinos e intransigentes, na Voz da América passa um programa chamado "A gíria russa no exílio" com uma releitura obscena do imortal *Crime e castigo*:

> A porra do golpe daquele machado do caralho acertou a velha trifodida bem no cocuruto, e ajudou pra caralho ela ser tão baixa. Ela soltou um grito escroto e foi escrotamente ao encontro da merda do chão, e ainda deu tempo da mijona da bunda caída levar as porras das mãos à cabeça descoberta como uma puta fodida...

Um abomínio — nada mais a declarar.

Os liberais estão rangendo dentes e destilando ódio depois do famoso 37º Decreto do Soberano, referente à responsabilização penal, com mandatórios castigos corporais em público, pela utilização de linguagem obscena em lugares públicos e privados. E o mais surpreendente é que nosso povo acatou imediatamente o Decreto 37. Depois de uma série de processos exemplares, depois de espancamentos nas principais praças das cidades russas, depois do assobio do chicote de couro na praça do Feno e dos berros na praça do Manejo, em um piscar de olhos a gente simples cessou de usar as palavras asquerosas que lhe foram impostas no passado pelos estrangeiros. Só a *intelligentsia* foi incapaz de se submeter, e segue vomitando esse veneno obsceno nas cozinhas, nos dormitórios, nas latrinas, nos elevadores, nos armazéns, nas entradas dos edifícios, nos carros, negando-se a extirpar da língua russa esse pólipo abominável, que envenenou mais de uma geração de compatriotas. E o Ocidente putrefato faz o jogo dos nossos clandestinos boca-suja.

A Côte d'Azur Russa, pela voz de um descarado insolente, se atreve a criticar a resolução do Soberano referente à interrupção diária do Gasoduto Nº 3. Quanto ódio esses senhores europeus acumularam! Durante dez anos, sugaram o nosso gás sem pensar no quão difícil é para o nosso povo labutador extraí-lo. Vejam só uma novidade: em Nice faz frio outra vez! Serão forçados, senhores, mesmo que duas vezes por semana, a comer *foie gras* frio. *Bon appétit!* Até a China mostrou ser mais inteligente que os senhores...

Uma chicotada-campainha. De novo o tabelião do Departamento da Embaixada:

— Andrei Danílovitch, aqui é Korostílev. A recepção do embaixador da Albânia foi transferida para amanhã às 14:00.

— Entendido — desligo a cara de coruja do tabelião.

Graças a Deus, pois tenho tarefas a não acabar mais. Hoje em dia, quando o Soberano recebe as credenciais dos embaixadores estrangeiros, nós, da *Oprítchnina*, ficamos em pé ao lado deles. Antes éramos os únicos a segurar a taça de prata com água. Os da Embaixada formavam um semicírculo com doze homens. Depois do 17 de agosto o Soberano resolveu trazê-los para mais perto. Agora dividimos a taça com eles: o Pai e Juravlióv seguram a taça; eu, ou alguém da ala direita, tomamos conta da toalha; um tabelião da Embaixada se encarrega de apoiar o cotovelo; os restantes cuidam do tapete e das reverências. Assim que o Soberano saúda o novo embaixador com um aperto de mãos e aceita suas credenciais, realizamos a cerimônia da ablução do Soberano. É uma pena, evidentemente, que o número de funcionários da Embaixada tenha aumentado tanto depois daquele agosto malfadado. Mas essa é a vontade do Soberano...

Kozlôva enfim aparece.

Pelo seu olhar, adivinho que ela conseguiu. Sinto imediatamente o sangue subir, uma palpitação no coração.

— Andrei Danílovitch — ela me passa pela janela uma sacola de plástico de um restaurante chinês —, o dinheiro estará aqui antes das 18:00. Vou lhe telefonar.

Aceno com a cabeça e, tentando ser discreto, jogo o pacote com negligência sobre o assento livre. Fecho a janela. Kozlôva se afasta. Dou a partida e pego a Tverskáia. Ao lado da Duma Municipal de Moscou, estaciono na zona vermelha, reservada aos carros oficiais. Enfio a mão no pacote. Apalpo com os dedos uma esfera lisa e fria. Acaricio delicadamente com os dedos, fecho os olhos: um aquário! Há muito, muito tempo mesmo que meus dedos não tocam nesta esfera maravilhosa. Quase quatro dias. Um acinte...

Com os dedos úmidos de impaciência, retiro a esfera do pacote e a coloco na palma esquerda da mão: Estão lá! São dourados!

A esfera é transparente, feita de um material finíssimo. Está cheia de uma solução nutritiva transparente. E nessa solução nadam sete solhos dourados e minúsculos (5 milímetros). Examino-os, aproximando a esfera do meu rosto. Peixinhos diminutos, microscópicos! Criaturas divinas, encantadoras. Foram inteligências superiores que vos criaram para nos proporcionar alegria. Vocês se parecem, ágeis peixinhos dourados, aos peixes das fábulas, que em tempos antigos traziam felicidade àquele russo simplório — como Ivan, o bobo —, na forma de torres entalhadas, filhas de tsares e fornos que caminham com as próprias pernas.[27] Mas a felicidade que vocês nos oferecem, coisinhas divinas, não se compara a torre alguma, a nenhum tipo de forno ambulante e a nenhuma carícia de mulher...

Examino a esfera. Vejo-os, mesmo sem lupa — a Gisele não me enganou! Tenho em minhas mãos sete solhos dourados. Pego a lupa e observo com muita atenção: são extraor-

---

[27] Alusão a um motivo recorrente no conto folclórico russo, registrado por autores como Afanássiev e Púchkin, em que um camponês pobre encontra um peixe dourado, que lhe concede um desejo em troca da liberdade. (N. da T.)

dinários, é evidente que são de fabricação chinesa; não vêm da deplorável América, nem mesmo da Holanda. Estão brincando em seu elemento natural e refletem o brilho comedido do invernal sol moscovita. É glorioso!

Telefono ao Pai. Mostro a esfera.

— Bravo, Komiága! — ele dá uma piscadela e, como sinal de aprovação, faz tilintar seu brinco em forma de sino.

— Para onde levar, Pai?

— Ao Don.

— Vou voando! — então deixo o estacionamento.

A caminho dos Banhos do Don, pondero como distribuir as tarefas no restante do dia até a noite e como conseguir fazer tudo. No entanto, as ideias se confundem e não consigo me concentrar — solhos dourados pululam na esfera ao meu lado! Ranjo os dentes e me forço a pensar em assuntos de Estado. Acho que consigo apagar a estrela e dar um pulo na vidente.

Há muitos carros na rua Donskáia. Aciono o "rugido do Soberano". Esse som invisível faz as carrocerias dos outros carros chacoalhar, e eles cedem passagem, desviam. O rugido do Soberano é grandioso e potente. Ele abre caminho como uma escavadeira. Vou voando e me apresso, como se quisesse chegar a um incêndio. Mas o solho dourado será mais forte que um incêndio! E mais forte ainda que um terremoto!

Me aproximo do edifício amarelo dos Banhos do Don. Desde embaixo até o telhado há a figura de um banheiro de barba castanha em forma de leque, segurando duas vassouras em suas mãos musculosas. O banheiro gigante mexe as vassouras e a cada meio minuto pisca com um olho azul matreiro.

Escondo a esfera com os peixes sob o caftan, bem no fundo do bolso da casaca, e saio. Os porteiros se curvam até a cintura. A *nossa* sala já está reservada para o Pai. Permito que me tirem o caftan negro, passo pelo corredor abobadado. Minhas ferraduras de cobre ressoam na pedra. Perto da porta, na sala principal, há outro porteiro de prontidão — o alto e encorpado Koliakha, velho conhecido nosso, sempre guardando a tranquilidade de nossa *Oprítchnina*. Nenhum intruso será capaz de chegar à nossa câmara tendo que passar pelo tatuado Koliakha.

— Saudações, Koliakha! — digo-lhe.
— Saudações, Andrei Danílovitch — ele cumprimenta.
— Quem já está aí?
— O senhor é o primeiro.
Que bom. Vou escolher o melhor lugar para mim.
Koliakha me deixa entrar na sala. Ela é estreita, com teto baixo. Mas é aconchegante, familiar, cômoda. No centro dela há uma fonte redonda. À direita fica o banho a vapor. Mas está fechado, não será necessário. Pois hoje teremos um banho a vapor *especial*, requintado. Não se encontra na terra nenhuma vassourinha de bétulas que lhe sirva...

Em torno da fonte estão dispostas espreguiçadeiras, em formato de margarida. São sete. A quantidade de peixes que há na esfera preciosa. Retiro-a do bolso do meu casaco de brocado e sento-me na borda de uma das espreguiçadeiras. A esfera com os peixinhos está na palma da minha mão. Os pequenos solhos dourados se divertem em seu elemento. São esplêndidos e podem ser vistos mesmo sem lupa. Foi uma inteligência extraordinária que criou tal entretenimento. Talvez não fosse nem humana. Apenas à mente de um anjo caído do Trono do Senhor poderia ocorrer tal ideia.

Faço a esfera saltar na palma de minha mão. Um entretenimento bem caro. Uma bolinha dessas ultrapassa meus vencimentos mensais. É pena que essas bolas mágicas sejam estritamente proibidas em nosso país ortodoxo. E não apenas em nosso país. Na América, por causa de peixinhos prateados é possível pegar dez anos; os dourados, então, três vezes mais. Na China você é enforcado imediatamente. Já na Europa putrefata, essas esferas quase não existem — os *cyber-*

punks de lá preferem um acidozinho mais barato. Já faz quatro anos que o nosso Serviço Secreto tem apreendido esses peixinhos. Mas eles continuam chegando pela fronteira da China. Eles nadam, nadam, e atravessam as redes da fronteira. E continuarão nadando...
Para ser sincero, não vejo nesses peixes nada que seja contra o governo. Para o povo simples eles são inacessíveis; já os ricos e os bem colocados, esses têm direito a ter suas fraquezas. Aliás, há fraquezas e fraquezas. Nikolai Platônovitch, pai do Soberano, promulgou em seu tempo um grande decreto "Sobre o uso de drogas estimulantes e relaxantes". De acordo com o decreto, o pó, a bala e a erva foram liberados de uma vez por todas para ampla utilização, pois não trazem nenhum prejuízo ao Estado; pelo contrário, ajudam os cidadãos no trabalho e no repouso. Em qualquer farmácia a gente pode comprar uma graminha de pó pelo preço tabelado pelo governo — dois rublos e meio. Qualquer farmácia é equipada com estantes onde o trabalhador pode cheirar, de manhã ou durante os intervalos do almoço, e assim voltar a trabalhar bem-disposto, para o bem do Estado Russo. Também são vendidas seringas com anfetamina revigorante e cigarros de ervinha relaxante — a erva, a bem da verdade, só é vendida após as 17:00. Já a heroína, o ácido e os cogumelos alucinógenos realmente envenenam o povo, debilitam-no, enfraquecem e anestesiam, de modo que são muito nocivos ao Estado. Por isso estão proibidos em todo o território russo. Certamente tudo isso foi refletido com sabedoria. Mas os peixinhos... Eles são algo superior a qualquer pó e a qualquer balinha. São como um arco-íris no céu, que aparece, irradia alegria e se vai. Depois do arco-íris dos solhos não existe ressaca nem mal-estar.

A porta se abre com um golpe de bota de bico de ferro. Só o nosso Pai entra assim.

— Komiága, já está aqui?

— Onde poderia eu estar, Pai?
Lanço a esfera ao Pai. Ele pega, olha através da luz, apertando os olhos.
— Ah!... perfeito!
Atrás do Pai entram Chelet, Samossia, Ierókha, Môkri e Pravda, todo o seu braço direito. Com o esquerdo, o Pai se diverte em outros lugares. É *justo*: nesses casos não se deve misturar esquerda e direita.
Todos já estão levemente "eriçados". E com razão... os peixinhos já estão à mão. Samossia tem os olhos negros aguçados, os punhos apertados. Ierókha contrai os músculos das maçãs do rosto, range os dentes. Môkri crava em mim seus olhos sob sobrancelhas brancas e hirsutas, e de tal maneira que parece querer me perfurar; da última vez foi ele quem conseguiu os peixinhos. E Pravda está sempre segurando o punhal — é um costume. Seu punho até ficou branco, de tanto apertar o cabo de osso. Toda a ala direita da *Oprítchnina* é assim, rapazes fogosos. Por qualquer coisa dariam cabo até de um dos nossos, e sem vacilar.
Mas o nosso Pai intercede:
— Esperem, esperem!
Ele põe a esfera no chão de pedra e é o primeiro a tirar a roupa. Aqui não são admitidos serviçais — nós mesmos nos despimos e nos vestimos. Os *oprítchniks* tiram seus casacos de brocado, as camisas de seda e a roupa íntima. Então nos dispersamos, todos nus, e cada um se instala em sua espreguiçadeira.
Deito-me, cobrindo com a palma da mão as minhas vergonhas, e já começo a tremer e sentir calafrios: está próxima a alegria dourada. O Pai, como sempre, faz a "abertura". Já despido, ele pega a esfera com os peixinhos e se aproxima... de mim, evidentemente. Hoje fui eu o provedor. Serei, então, o primeiro dos sete. O primeiro peixe será meu. Estendo o braço esquerdo ao Pai, abrindo e fechando o punho, e com

os dedos da mão direita aperto o antebraço. O Pai se inclina sobre o meu braço como Sabaoth. Então ele aplica a esfera divina em minha veia intumescida. Vejo os peixinhos parados, movendo-se levemente no aquário. E um deles se precipita em direção à veia prensada pela esfera. Ele agita o rabinho e, através do vidro flexível, perfura e penetra a minha veia. Entrou! Louvado seja, Peixinho Dourado!

O Pai passa agora a Ierókha. Este já estremece, range os dentes, aperta o punho para fazer inchar a veia já tensa. Inclina-se sobre ele o nosso Pai-Sabaoth com a bunda de fora... Mas meus olhos não estão voltados para eles. Estou olhando para a veia do meu braço esquerdo. Vejo-a nitidamente. E na dobra pálida do cotovelo, bem no meio da veia intumescida, sobressai o rabinho minúsculo e milimétrico do solho dourado.

Ah! Que instantes divinos, quando um peixinho dourado penetra a corrente sanguínea! Nada na Terra pode ser comparado a ti, que se iguala apenas ao deleite de nosso ancestral Adão nos vales floridos do Éden, ao experimentar os frutos prodigiosos que o Sabaoth de barba branca criara apenas para ele.

A cauda dourada se agita e o peixinho desaparece dentro de mim. Põe-se a nadar pela corrente sanguínea. E de um furinho minúsculo, como uma fonte delicada, brota um filete de sangue. Pressiono a veia, descanso a cabeça no encosto macio e fecho os olhos. Sinto o solho dourado deslizar dentro de mim e se deslocar veia acima, como faz na primavera, quando se lança pelo nosso mãe-Volga para desovar em sua cabeceira. Para cima! Para cima! Para cima! Ele sabe para onde se dirigir, o solho dourado: para o meu cérebro. E este, completamente paralisado, tem uma grande expectativa: o mágico solho vai depositar ali suas ovas divinas. Oh! Nade, nade, *piscis aurens*, deslize livremente, deposite suas ovas douradas em meu cérebro cansado, e que desses ovinhos sur-

jam Mundos Sublimes, Maravilhosos, Esplêndidos. E que todo o meu cérebro recobre ânimo.
E, com lábios ressequidos, conto em voz alta:
Um.
Dois.
Três...

Ah! Como abrem e reabrem os meus olhos,
Nos meus olhos, meus olhinhos amarelos,
Meus olhinhos amarelos da cabeça,
Da cabeça, da todo-poderosa.
E ela, cabecinha, plantada no pescoço,
Que é forte e comprido, longo e sinuoso,
De escamas viperinas recoberto.
E bem junto desta minha cabecinha
Balançam seis cabeças parecidas,
Balançam, se retorcem,
E olhos d'ouro amarelos
Trocam piscadelas.

Trocam piscadelas, injúrias eles trocam,
Escarrando e tossindo,
As goelas rubras abrindo e desabrindo,
Goelas de um vermelho maravilha,
Com dentes afiados no rosa das gengivas.
Emana dessas goelas um fumo corrosivo
Do fumo corrosivo escapa fogo e um gemido —
Gemido tão potente que irrompe num rugido.

E as cabeças, cada uma tem seu nome,
Um nome a cada uma cognomina:
A primeira atende por Pai,

A segunda por Komiága,
A terceira por Chelet,
A quarta, Samossia assim chamada,
E atende por Ierókha a quinta,
Por Môkri atende a sexta,
A sétima se chama Pravda.
São sete cabeças nossas, de prontidão.
Terrível Monstro-Serpente[28] eu as batizo então,
Gênio do Mal que cospe fogo qual dragão.

E as sete cabeças sobre um tronco se assentam,
Largo e grosso e atarracado
E atarracado e corpulento.
A calda é dura e sinuosa,
As pernas, duas, fortes e robustas,
Fortes, suntuosas,
Sustentam esse tronco modelar
As garras na terra encravadas.

E dos flancos desse tronco atarracado
Duas asas membranáceas se projetam,
Membranáceas e nodosas,
Bem nodosas e firmes se batem,
Vibram, o ar sulcam, vigorosas
Alçam voo num impulso
E da terra natal se desgarram,

---

[28] O texto refere nominalmente o monstro-serpente conhecido no folclore eslavo como Zmeiá Gorynitch. Essa figura mitológica corresponde à imagem de um dragão, ou uma serpente alada, que possui várias cabeças e cospe fogo. Presente em contos fabulosos e épicos russos, a serpente monstruosa e diabólica costuma visitar mulheres durante a noite para atos lascivos e sexuais. (N. da T.)

Pairando sobre a terra,
Sobre a terra russa inteira,
E voamos pelo azul
Aonde quer que desejemos.

Pergunta a sétima cabeça:
— Aonde voar, que caminho tomar?
Pergunta a sexta cabeça:
— Que horizontes hoje capturar?
Pergunta a quinta cabeça:
— Devemos para além do céu voar?
Pergunta a quarta cabeça:
— Aonde irão as nossas asas temerárias nos levar?
Pergunta a terceira cabeça:
— Por quais ventos nossa cauda balançar?
Pergunta a segunda cabeça:
— Para que terras nossos olhos vão mirar?

E a primeira, a dominante,
A cabeça mais importante,
A primeira, ela responde:
— Voaremos pelo céu,
Pelo azul celestial,
Para longe, a um país lá no Ocidente,
Que é distante, distante e abundante,
Além do mar e do oceano ele se estende,
E lá se espalham, florescentes,
Ouro, prata e riquezas empilhadas.

Um país com torres altas,
Torres imponentes,
Altas, salientes,
No céu azul fincadas
Impiedosamente.

Quem lá vive é gente descrente,
descrente e indecente,
Gente a Deus nada temente.
E os infames,
Imersos em pecados difamantes,
Imersos, se deleitam,
De tudo que é sagrado escarnecendo.
Eles zombam, escarnecem,
De coisas do demônio se recobrem,
E na Santa Rússia cospem,
Na Santa Rússia Ortodoxa,
E a verdade eles conspurcam,
O nome de Deus maculam.
Voaremos livremente
Pelo azul do céu imenso
Por países próximos mercantes,
Por árvores e bosques,
Florestas frondejantes,
Por campos, prados
Amplos, verdejantes,
Rios e lagos transparentes,
Cidades da Europa envelhescente.
E ainda, com vigor nós voaremos
Pelo oceano e pelo mar viajaremos
Longa viagem rumo à terra dos descrentes.

Nossas asas membranáceas desdobramos,
Agitamos nossa cauda aos sete ventos,
E nas asas um oitavo entrementes,
Oitavo e veloz, vento complacente.
Instalados nesse vento,
Montados
Como em corcel possante,
Seguimos,

Com o vento impetuoso e movente,
Um caminho temerário e distante.

Os primeiros dez dias voamos,
As primeiras dez noites voamos.
Dez dias, dez noites sobre o espelho das águas,
Sobre ondas escarpadas estrondeantes.
Fraquejam nossas asas membranáceas,
Fatigam-se as cabeças viperinas,
A cauda poderosa pende extenuada
Afrouxam-se as garras afiadas.

Vejam — no mar oceano há uma casa
Sobre firmes estacas de ferro,
Para tirar e sugar da úmida mãe terra
O sangue profundo, antigo, acumulado.
Nessa casa de ferro pousamos,
O telhado de ferro rasgamos,
Doze desses ímpios devoramos,
Ao mar seus ossos esputamos.
Três dias e noites ali descansamos,
No quarto aquela casa incendiamos,
E rumo ao Ocidente nos lançamos.

Outros dez dias voamos.
Outras dez noites voamos.
Dez dias, dez noites sobre o espelho das águas.
Fraquejam nossas asas membranáceas,
Fatigam-se as cabeças viperinas,
Pende extenuada nossa cauda poderosa,
Afrouxam nossas garras afiadas.

Vejam — no mar oceano há um navio,
Imenso ele é, tem seis conveses.

Esse grande navio navega ao Oriente,
De países impudentes e torpes proveniente,
Levando seus bens repugnantes,
Levando sua gente descrente,
Levando documentos subversivos,
Levando diversões demoníacas,
Levando prazeres satanistas,
Levando suas putas putrefatas.

Sobre o barco nós voamos qual tornado,
Nossas sete cabeças tocam fogo.
São sete as cabeças, sete bocas,
Que incendeiam seus ateus repugnantes,
Que consomem suas putas putrefatas.
Três dias e noites ali descansamos,
No quarto, seguimos adiante.

Dez dias ainda voamos,
Dez noites ainda voamos.
Vejam — é a terra dos descrentes.
No mesmo momento atacamos,
Nossas sete cabeças tocam fogo,
São sete as cabeças, sete bocas,
Com que mordemos os ateus e os devoramos.
E saciados, cuspimos seus ossos e voltamos a queimar e calcinar, queimar e calcinar os canalhas, os canalhas repulsivos, bastardos repugnantes, ateus insolentes, esquecidos de tudo que é sagrado, de todo o triságio, queimá-los é preciso, como rebentos de Asmodeu como baratas ratazanas fedorentas queimar sem piedade queimar reduzir a cinzas queimar os bastardos malditos queimar com fogo puro e honrado queimar e queimar é quando eu quebro a janela com a cabeça a dura janela de vidro golpeio na primeira vez ela resiste na segunda ela racha golpeio pela terceira e se quebra e enfio a

cabeça na penumbra do aposento os canalhas se escondem do castigo divino mas meus olhos amarelos que enxergam no escuro enxergam atentamente descubro o primeiro canalha um homem de quarenta e dois anos escondido num guarda-roupa queimo o guarda-roupa com uma forte chama e observo o guarda-roupa queimar e ele fica lá dentro e não se mexe tem medo mas o guarda-roupa queima e a madeira crepita mas ele fica e eu espero até que ele não aguenta e abre a porta aos berros e eu lanço em sua boca um jato de chama fino meu fiel espeto e ele engole engole meu fogo engole e tomba e eu procuro em seguida as crianças duas meninas seis e sete debaixo da grande cama eu envolvo a cama com meu jato fino a cama queima o travesseiro queima o cobertor queima elas não aguentam saem e correm para a porta e atrás eu lanço um jato em formato de leque e elas queimam correm para a porta ainda ardendo procuro em seguida a mais apetitosa procuro e encontro uma mulher de trinta anos loura e assustada escondida no banheiro entre a máquina de lavar e a parede está sentada veste apenas camisa de baixo joelhos desnudos pernas escanchadas de horror petrificada ela me olha com olhos redondos e eu sem pressa aspiro o seu cheiro me aproximo cada vez mais perto e mais perto e olho-a com ternura meu nariz toca seus joelhos eu os afasto de mansinho afasto-os e lanço o jato mais fino meu fiel espeto lanço em seu seio o jato certeiro lanço e penetro com vigor o seio trêmulo meu espeto de fogo meu espeto ela solta um grito inumano e eu com meu espeto começo lentamente a foderfoderfoderfoderfoderfoderfoderfo...

O despertar...
Semelhante à ressurreição dos mortos. Como se voltasse ao meu velho corpo, há muito morto e enterrado sob a terra. Ah! Isso a gente não quer!
Entreabro as pálpebras de chumbo, vejo-me nu na espreguiçadeira. Faço um movimento, dou uma tossida, sento-me. Estou ardendo. Pego uma garrafa gelada de seiva de bétula Iessiênin. Foi Koliakha quem trouxe, não se esqueceu. A seiva de bétula gorgoleja em minha garganta seca. Os outros também se movimentam, tossem. Foi bom. Com os peixinhos sempre é bom. Jamais há uma "decaída fétida" ou um "redemoinho negro" com os peixinhos. Nada a ver com a deplorável heroína.
    Todos tossem depois de despertar. O Pai bebe a seiva com avidez. Está pálido e coberto de suor. Beber depois dos peixes é a primeira coisa a se fazer.
    A segunda é arrotar. E a terceira, contar o que fez cada um.
    Bebemos e arrotamos.
    Compartilhamos nossas experiências. Já é a oitava vez que nos transformamos no dragão de muitas cabeças. Os peixinhos são uma coisa coletiva, seria idiota fazer uso deles sozinho.
    O Pai, como sempre, não está de todo satisfeito:

— Por que sempre me apressam? Estão sempre querendo queimar ou se empanturrar... Assim vamos ter convulsões... Primeiro uma coisa, depois outra. É preciso ter calma, tudo a seu tempo.

— É sempre o Chelet que não se aguenta — pigarreia Ierókha. — Você está sempre com pressa de chegar.

— Tá bom, tá bom — se espreguiça Chelet. — Mas foi bom, não foi? Aquele navio, gostei... quando eles escaparam pelas escotilhas e pularam na água!

— Muito bom! A mim me agradou mais na cidade: quando a gente lançou um jato de sete chamas em forma de leque e eles começaram a berrar nos arranha-céus... forte aquilo! — acrescenta Môkri. — E o nosso Komiága, muito engenhoso, hein? Como ele a traçou! Saiu até fumaça do rabo da americana!

— Komiága é engenhoso! Estudou em universidades, o filho da puta! — sorri Pravda.

O Pai lhe bate nos lábios por causa do palavrão.

— Desculpe, Pai, artes do demônio — Pravda faz uma careta.

— De modo geral, foi bom — o Pai pondera. — Que peixinhos mais *justos*!

— *Justos!* — concordamos todos.

Vestimo-nos.

O que é ainda melhor com os solhos dourados é que depois deles as forças não diminuem, mas ao contrário, aumentam. Como se tivéssemos estado em uma estação de águas em nossa Crimeia ensolarada. Como se estivéssemos agora em finais de setembro, a passar três semanas em Koktebel, estirados sobre a areia dourada, oferecendo todos os nossos membros às massagens sinuosas de um tártaro. E agora estamos de volta à Bielokámenaia, aterrissamos no aeroporto de Vnúkovo, descemos do avião prateado, aspiramos a plenos pulmões o ar dos arredores de Moscou, seguramos o fôlego e de repente ficamos tão bem, tão *justos*, tão inteiros de alma, tão calmos e apaziguados, tão "responsáveis" — e você compreende, então, que sua vida é exitosa, que você tem força, que você participa de uma grande causa e que seus parceiros, uma gente valente, esperam por você, e que temos trabalho a não acabar mais, e que os inimigos não diminuíram, e que o nosso Soberano está vivo e forte, e, o mais importante, que a Rússia está viva, saudável, rica, imensa, unida, e que ela, nossa mãezinha, não foi para lugar algum nessas três semanas, não saiu do lugar, mas, pelo contrário, afundou até mais firmemente suas raízes seculares na polpa da terra.

O Pai tem razão: depois dos peixes a gente quer viver e trabalhar; já depois da heroína, a gente só quer uma nova dose.

Olho o relógio — passei apenas quarenta e três minutos "serpenteando", mas dentro de mim tenho a sensação de ter vivido uma vida inteira. E essa vida me trouxe forças renovadas contra os inimigos e os subversivos. Tenho muitas questões a propósito dos peixinhos: se são tão úteis para nós, os *oprítchniks*, então por que não os legalizar, pelo menos *exclusivamente* para nós? Mais de uma vez o Pai apresentou nossas conjeturas sobre esse tema ao Soberano, mas ele é inflexível: a lei é a mesma para todos.

Saímos do banho bem-dispostos, como que rejuvenescidos. Cada um passa ao tatuado Koliakha uma moeda de cinquenta. Satisfeito, ele faz reverências.

A rua está congelada, o sol já se esconde e se põe atrás das nuvens. É hora de retomarmos as tarefas. Por agora tenho uma "qued'estrela". Um assunto imprescindível, assunto de Estado.

Instalo-me em meu puro-sangue, sigo pela Chábolovka, telefono: tudo pronto? Pelo visto, sim.

Procuro cigarros — depois dos peixes sempre dá vontade de fumar. Mas os cigarros acabaram. Freio ao lado de um Quiosque do Povo. Aparece um vendilhão de cara vermelha, como o Petruchka dos teatrinhos de marionetes:

— O que deseja, senhor *oprítchnik*?
— Cigarro.
— Temos Pátria com filtro e Pátria sem filtro.
— Com filtro. Três maços.
— Aqui estão, obrigado. Bom proveito.

"Bom proveito" — vê-se que o sujeito tem senso de humor. Abro a carteira, olhando a vitrine. É o sortimento típico dos quiosques: cigarros Pátria e cigarrilhas Rússia, vodca Centeio e vodca Trigo, pão preto e pão branco, balas Ursinho Cambaio e balas Ursinho do Norte, doce de maçã e doce de ameixa, gordura animal e óleo vegetal, carne com ossos e sem, leite cru e leite fervido, ovos de galinha e de codorna, salsichão cozido e salsichão defumado, compota de cereja e compota de pera e, por fim, queijo Russo.

Foi boa a ideia do pai do Soberano, o finado Nikolai Platônovitch, de extinguir todos os supermercados estrangeiros e substituí-los por quiosques russos. E de haver em cada quiosque apenas duas variedades de cada coisa para o povo escolher. Muito sábio e muito profundo.

Assim o nosso povo, abençoado por Deus, deve escolher entre duas variedades, e não entre três ou trinta e três. Ao escolher entre duas, o povo encontra sossego na alma, enche-se de confiança no futuro, evita as vãs futilidades, e, por conseguinte, fica *satisfeito*. E com um povo assim *satisfeito*, pode-se empreender grandes feitos.

No quiosque tudo é *justo*, só uma coisa não entra na minha cabeça: por que todos os produtos se apresentam aos pares, como as criaturas na arca de Noé, mas há apenas um tipo de queijo, o queijo Russo? Minha lógica não alcança. Enfim, isso não é da nossa conta, mas, sim, do Soberano. Do Krêmlin, o Soberano vê melhor o povo, conhece-o melhor.

Nós aqui nos arrastamos como piolhos, agitamo-nos sem enxergar os caminhos *justos*. Mas o Soberano tudo vê e tudo escuta. E sabe o que convém a cada um.

Acendo um cigarro.

De repente aparece um mascate com uma barbicha bem cuidada, vestindo um caftan impecável, de maneiras também impecáveis. Ele carrega um tabuleiro no peito — com livros, evidentemente.

— O senhor *oprítchnik* não gostaria de adquirir alguma das últimas novidades das belas-letras russas?

Ele abre diante de mim o tabuleiro com três compartimentos. As bancas de livros são também padronizadas, aprovadas pelo Soberano e ratificadas pela Câmara das Letras. Nosso povo tem respeito pelos livros. No compartimento esquerdo há literatura ortodoxa, no direito, clássicos russos, e no do meio, novidades dos nossos escritores contemporâneos. Primeiro observo as novidades da prosa nacional: *A bétula branca* de Ivan Kôrobov, *Nossos pais* de Nikolai Voropáievski, *A conquista da tundra* de Isaac Epstein, *Rússia, minha pátria* de Rachid Zamiétdinov, *As terras de Nijni-Nóvgorod* de Pavel Oliégov, *Dias de trabalho na Muralha Ocidental* de Savvati Charkunov, *Meu amigo do peito* de Herodíade Deniújkina, *Os costumes dos filhos dos novos chineses* de Oksana Podróbskaia. Conheço bem esses autores. São conhecidos e condignos. Acarinhados pelo amor do povo e do Soberano.

— Bem... e o que temos aqui? — em um canto da banca vejo um manual de formação para marceneiros, de Mikhail Chveller, destinado às escolas paroquiais.

E embaixo dele, do mesmo autor, um manual de formação para serralheiros.

— Aqui perto há duas escolas, senhor *oprítchnik*. Os pais compram.

— Entendo. E a prosa jovem?

— Esperamos novidades dos jovens escritores, como sempre, para a primavera, para a feira de livros da Páscoa.

Certo. Dirijo o olhar para a poesia russa: *Vastidões da pátria* de Pafnuti Sibírski, *A flor da macieira* de Ivan Mamont-Biéli, *Os fiéis filhos da Rússia* de Antonina Ivánova, *Várzea inundada* de Piotr Ivánov, *Agradeço a você por tudo!* de Issái Berstein, *Vivei, vivos!* de Ivan Petróvski, *Canção das montanhas da Tchetchênia* de Salman Bassáiev, *A infância do Soberano* de Vladislav Sírkov.

Pego o último livro, abro: é um poema sobre a infância do Soberano. Sobre sua juventude e sua idade madura, o poeta já havia escrito algum tempo atrás. É uma edição elegante: encadernação cara, em pele de novilho, impressão em letras douradas, corte rosado, papel branco encorpado, marcador de seda azul. Na página de rosto há um retrato vívido do poeta Sírkov: ar sombrio, grisalho e arqueado. Está postado à beira-mar, olha o horizonte, e a seus pés as ondas marinhas batem contra as rochas, batem, e batem, e batem. É um pouco parecido com uma coruja. Vê-se que está completamente absorto.

— É um poema que eleva profundamente a alma, senhor *oprítchnik* — diz o mascate com voz circunspecta. — Uma imagem tão expressiva do Soberano, em linguagem tão viva...

Leio:

Quando corrias alegre e expedito,
Quando animavas prados e florestas,
Quando em Rublióvka a escola frequentavas,
Quando: "Oh! Terra natal!", sussurravas,
Quando aspiravas ser justo e resiliente,
Quando aprendias a ser livre com os pássaros,
Quando eras ágil e vivaz em tuas réplicas,
Quando puxavas as meninas pelas tranças,
Quando crescias, atlético e obstinado,

Quando querias tudo aprender de um estalo,
Quando amavas tua mansa mãe,
Quando saías com o teu bom pai,
Quando corrias pelas várzeas com os galgos,
Quando fizeste o teu primeiro herbário,
Quando a nevasca branca escutaste,
Quando o leme da vela pegaste,
Quando tu mesmo as tuas pipas fabricavas,
Quando aprendeste a pilotar o helicóptero,
Quando em teu dócil Abrek galopavas,
Quando erguias o avião com teu pai,
Quando a língua chinesa desbravavas,
Quando o ideograma *guó jiá*[29] tu grafavas,
Quando, cedo, o tiro praticavas,
Quando, sem te poupar, mergulhavas,
Quando em ti a Rússia ressoou,
Quando a terra natal despertou,
Quando a Natureza de ti cuidou,
Quando enfim o teu tempo chegou...

Bem, até que não é ruim. Emotivo em demasia, como sempre em Sírkov, mas em compensação é deveras expressivo. O mascate tem razão, preciso comprar esse livro. Vou ler e depois emprestar ao Pôssokha, para que ele leia esse poema em vez de seus obscenos *Contos secretos*. Quem sabe cai em si, o palerma...
— Quanto? — pergunto.
— Para os outros, três rublos, mas para o senhor *oprítchnik*, dois e meio.

---

[29] "Estado", em chinês. (N. do A.)

Barato não é. Mas, enfim, é pecado querer poupar na história do Soberano. Passo o dinheiro. O mascate o recebe com uma reverência. Enfio o livro no bolso e me acomodo em meu puro-sangue.

E mando bala.

"Estrelas extinguir não é mel na água diluir", gosta de dizer o Pai. E é verdade — é uma tarefa importante, assunto de Estado. Mas exige destreza, uma estratégia especial. Em suma, é uma tarefa inteligente. E são necessários executores inteligentes. Cada vez é preciso inventar e imaginar algo novo. Não é o mesmo que queimar casas de fidalgos...
Então lá vou eu, outra vez rumo ao centro. De novo pego a Iakimanka congestionada, seguindo outra vez pela faixa vermelha. Passo pela ponte Kámenni. O sol emerge atrás das nuvens de inverno, iluminando o Krêmlin. E torna-o resplandecente. Ainda bem que doze anos atrás ele ficou assim, com pedras brancas. E em vez daqueles pentáculos diabólicos, brilham nas torres do Krêmlin de Moscou as águias bicéfalas, majestosas e douradas.
É maravilhoso o Krêmlin em um dia luminoso! Ele emana esplendor. O Palácio do Poder Russo cega os olhos de tal modo que nos tira o fôlego. As muralhas e as torres são brancas como açúcar refinado, as cúpulas brilham como lâminas de ouro, o campanário de São João Clímaco aponta para o céu como uma flecha, os pinheiros azuis se postam como guardas austeros e a bandeira da Rússia drapeja livre e altiva. Aqui, atrás das muralhas de pedra branca, denteadas e ofuscantes, está o coração da terra russa, o trono do poder do nosso Estado, o umbigo e o âmago de toda a Mãe Rússia.

Por esse cubo de açúcar do Krêmlin, pelas águias majestosas, pela bandeira, pelas relíquias dos governantes, que descansam na catedral do Arcanjo, pela espada de Rurik, pela coroa do Monômaco, pelo Grande Canhão e pelo Grande Sino, pelos paralelepípedos da Praça Vermelha, pela Catedral da Dormição e pelas torres do Krêmlin não lastimo entregar minha vida. E pelo nosso Soberano entregaria sem lastimar até mesmo a outra vida.

As lágrimas me chegam aos olhos...

Pego a Vozdvíjenka. Meu tele vibra e dá os três golpes de chicote: o *tíssiatchnik*[30] do Destacamento Bravos Jovens informa que tudo está pronto para o "apagamento". Mas quer acertar alguns detalhes, arranjar tudo, ruminar, confabular. Não tem certeza de que a coisa está clara. É por isso mesmo que estou indo encontrar você, seu cabeça de vento. O jovem conde Úkhov, do Círculo Interno, encabeça esse destacamento, que só responde ao Soberano em pessoa. O nome completo de sua ordem é: União dos Bravos Jovens Russos em Nome do Bem. É uma turma jovem, justa e irascível, mas precisa de supervisão. Pois desde o início as coisas não vão bem com sua direção — não têm sorte com líderes, é de enlouquecer! Todo ano o Soberano troca o *tíssiatchnik*, mas pouca coisa muda. É bizarro... Nós da *Oprítchnina* apelidamos esses rufiões de "bravagente".[31] Nem tudo vai bem entre eles, ah!, não vai mesmo... Mas que seja, vamos ajudá-los. Vamos compartilhar nossa experiência, não será a primeira vez.

[30] Na Rússia medieval, o termo designava um comandante de mil (*tíssiatcha*) homens. (N. da T.)

[31] Em russo, *dobromoltsi*: a combinação de uma expressão folclórica ("gente de bem") com uma referência à palavra *komsomoltsi*, que na União Soviética indicava os membros do Komsomol (União da Juventude Comunista). (N. da T.)

Chego ao conselho central deles, que é decorado luxuosamente. Eles têm poucos miolos e dinheiro saindo pelo rabo. De repente, um toque vermelho no telemóvel. É coisa importante. O Pai:

— Komiága, onde está?

— Com os bravagente, Pai.

— Mande-os ao diabo e meta o pé para Orenburg. Lá alguns dos nossos se engalfinharam com os aduaneiros.

— Mas isso é problema da ala esquerda, Pai, já sou veterano para uma coisa dessas.

— Tchápij está enterrando a mãe, Siêri e Vôsk estão no Krêmlin para uma conversinha com o conde Savêliev, e Samossia — esse idiota — bateu com o carro em alguém do Departamento dos Artilheiros, na rua Ostôjenka.

Essa é boa!

— E o Baldokhái?

— Está em missão em Amsterdã. Vamos lá, Komiága, meta o pé antes que ferrem com a gente. Você já trabalhou na Alfândega e conhece as tramoias. Lá dá para tirar uns cem mil de uma só "tacada". Se isso nos escapa, não nos perdoaremos. Os aduaneiros ficaram insolentes demais nesse último mês. Resolva isso!

— Palavra e Dever, Pai!

Lá vou eu. Orenburg. Isto significa que vou para o Caminho. E com esse Caminho não se brinca. Será preciso combater até o sangue.

Telefono para os bravagente e adio a conversa até a noite.

— Vou chegar a tempo para o berreiro!

Pego os bulevares, depois atravesso de novo a ponte Kámenni pela via subterrânea Kalújskaia-2. Ela é larga e plana. Vou a 260 verstas por hora. Em dezoito minutos chego ao aeroporto de Vnúkovo. Estaciono meu puro-sangue no estacionamento do Estado e entro na sala. Sou recebido por uma moça da Aeroflot com uniforme azul de filetes prateados, botas e luvas de couro branco, que me conduz pelo corredor de segurança. Levo a mão direita a um quadrado de vidro. Toda a minha vida fica suspensa no ar que recende a resina de pinho: ano de nascimento, títulos, local de residência, estado civil, cargo, hábitos, características físicas e mentais — marcas de nascença, enfermidades, traços psicossomáticos, personalidade, preferências, deficiências, dimensões dos membros e dos órgãos. A moça olha minhas características mentais e corporais, verifica, compara. "Transparência em tudo", como diz o nosso Soberano. E graças a Deus: estamos em nossa pátria, não há por que sentir vergonha.

— Para onde gostaria de voar, senhor *oprítchnik*? — pergunta a funcionária.

— Para Orenburg — respondo —, primeira classe.

— Seu avião decola dentro de vinte e um minutos. O preço do bilhete é doze rublos. Tempo de voo, cinquenta minutos. Como prefere pagar?

— Em espécie.

Agora pagamos sempre e em qualquer lugar apenas em moeda genuína.

— Quais?

— Segunda cunhagem.

— Perfeito — ela emite o bilhete, amassando o ar com as mãos envoltas em luvas luminosas.

Eu lhe estendo o dinheiro: uma moeda dourada de dez rublos, com o perfil nobre do Soberano, e duas de um rublo. Elas desaparecem na parede opaca.

— Por favor — com uma leve reverência ela me convida a adentrar a sala de espera da primeira classe.

Entro. Então um homem usando um gorro de pele branco e vestido com um uniforme de cossaco faz uma reverência e pega a minha roupa. Entrego-lhe meu caftan preto e a *chápka*. Na ampla sala da primeira classe não há muita gente:

duas famílias de cazaques bem-arrumadinhas, quatro europeus bem quietinhos, um velho chinês com um menino, um fidalgo com três criados, uma dama desacompanhada e dois comerciantes barulhentos, meio bêbados. E todos eles, com exceção da dama e dos chineses, estão comendo alguma coisa. A comida aqui é boa, eu sei, já comi algumas vezes. E depois dos peixinhos dourados a gente tem sempre vontade de comer. Sento-me à mesa. Logo aparece um criado "transparente" que parece ter saído das páginas imortais de Gógol — rechonchudo, lábios vermelhos, cabelos encaracolados, sorridente:

— O que o senhor deseja?

— Gostaria, meu caro, de beber e petiscar qualquer coisa e depois comer um prato leve.

— Um boa vodca de centeio, com uma poeirinha dourada ou prateada, um caviarzinho de Shangai, um filezinho de esturjão de Taiwan defumado, champignon salgado ao creme de leite, carne de vaca na gelatina, uma gelatina de peixe dos arredores de Moscou, presunto de Guangdong.

— Dê-me, então, a de centeio prateada, o champignon ao creme de leite e a carne de vaca na gelatina. E como prato principal?

— Sopa de peixe, *borsch* moscovita, pato com nabos, coelho com talharins, truta na brasa, carne de vaca assada com batatas.

— Sopa de peixe. E um copo de *kvas* doce.

— Às ordens.

O transparente desaparece. Com ele a gente pode falar sobre o que quiser, até sobre os satélites de Saturno. Em princípio, sua memória é infinita. Certa vez, bêbado, perguntei a um transparente local a fórmula das fibras vivíparas. Ele a declamou inteira. Depois me explicou em pormenor a tecnologia do processo. Nosso Pai, quando está meio alto, gosta de perguntar aos transparentes sempre a mesma pergunta:

quanto tempo resta ainda até a explosão do Sol? Eles respondem com exatidão... Mas agora não tenho tempo para fanfarronices, estou mesmo com fome. O pedido surge instantaneamente diante de mim. As mesas aqui são assim, *diligentes*. A vodca é sempre servida em garrafas. Bebo um cálice e experimento o champignon ao creme de leite. A humanidade não inventou até hoje nada melhor do que esse petisco. Até os melhores pepinos salgados não são nada perto disso. Abocanho um pedaço magnífico da carne de vaca na gelatina com mostarda, engulo de uma só vez o copo de *kvas* doce e ataco a sopa de peixe. Deve-se sempre degustá-la sem nenhuma pressa. Tomo a sopa observando o que se passa ao redor. Os comerciantes deram cabo de duas garrafas e tagarelam sobre não sei quais "lançamentos de terceiro grau" e "paracletos de cem cavalos", por meio dos quais eles se abasteceram de mercadorias em Moscou. Os europeus conversam a meia-voz, em inglês. Os cazaques cochicham entre si enquanto comem doces e bebem chá. O chinês e o menino mastigam alguma coisa que tiram de um pacotinho. A dama fuma ensimesmada. Terminada a sopa, peço uma xícara de café turco, pego meus cigarros e acendo um. Chamo os nossos homens que estão no Caminho: preciso estar a par do assunto. Surge o rosto de Potrokhá. Regulo o tele no modo de conversa secreta. Potrokhá fala como uma metralhadora:

— São doze vagões de Alta-Costura, Xangai-Tirana, demos um jeitinho e os fizemos parar logo depois do Portão, depois os arrastamos até a "área de decantação", e os da seguradora ficaram de olho — foram pagos conforme o antigo acordo, não querem saber de um novo contrato, nós insistimos junto à Câmara e o superior disse que eles têm seus interesses com os tais comerciantes, que há uma "petição molhada". Nós então fomos falar outra vez com os da Alfândega, mas estão todos de conluio: o chefe deles encerrou o caso e o tabelião foi "amaciado". Para resumir, dentro de duas horas teremos que liberá-los.

— Entendo — fico pensativo.

Nesse tipo de coisa é preciso calcular tudo como um bom enxadrista, antecipar os erros. Não é nada simples, mas é factível. Já que o tabelião do Departamento Aduaneiro foi "amaciado", eles têm, assim, um "corredor de lealdade", e logo depois da barreira o contrato foi imediatamente renovado. Quer dizer, passaram "limpos" pelos cazaques. Está claro que os aduaneiros fecharam para "abrir o sorriso" no Portão Ocidental. Vão apresentar um segundo contrato, vão pagar "às brancas" e depois rasgar o seguro, e os tabeliães ocidentais vão formalizar uma "ata de quatro horas", depois vão "esconder o leite", vão assinar um contrato limpo e os doze caminhões de Alta-Costura vão chegar à cidade de Tirana, na Albânia. E de novo os aduaneiros vão levar a melhor para cima da gente.

Reflito. Potrokhá espera.

— Ouça bem. Arranje um "cardíaco", combine uma "negociação branca" com o tabelião, leve para o encontro um escriturário bem "amaciado" e tenha ao lado os seus médicos. Você tem um "contrato podre" com você?

— Claro. Para quando marcamos o encontro?

Olho o relógio:

— Dentro de uma hora e meia.

— Entendido.

— E diga ao tabelião que *eu tenho*.

— Entendido.

Guardo o tele. Apago a bituca do cigarro. Já anunciaram o embarque. Levo a palma da mão à mesa, agradeço o transparente pelo almoço. Para entrar no avião passo por um corredor cor-de-rosa claro, que exala um aroma de flor de acácia. Não é grande, mas é confortável — um Boeing-Izhendi-797. A sinalização está toda em chinês, é claro: agora quem fabrica os Boeings é quem marca o compasso. Entro na cabine da primeira classe e me sento. Além de mim, há apenas três outros passageiros de primeira classe: o velho chinês com o menino e a dama desacompanhada. Nossos três jornais estão lá: o *Rus*, o *Kommersant* e o *Renascimento*. Já estou sabendo de todas as notícias e não tenho a menor vontade de ler no papel.

O avião decola.

Peço um chá e um filme antigo: *Cruzeiro rajado*.[32] Quando viajo a negócios, sempre assisto algum filme antigo de comédia, é um hábito. É um filmezinho bem engraçado, apesar de soviético. A gente vê uns leões e tigres sendo transportados de navio, depois eles fogem da jaula e aterrorizam as pessoas. Então a gente pensa: vejam só como os russos viviam naquele tempo, na época do Tumulto Vermelho. E, a bem da verdade, não se diferenciam muito de nós. Embora fossem quase todos ateus.

Espio o que os outros estão vendo: os chineses assistem *Margem d'água*,[33] evidentemente, e a dama... — ah, muito curioso... — está assistindo *A grande muralha russa*. Pela aparência dessa dama, eu jamais poderia dizer que ela gosta desse tipo de filme. *A grande muralha russa*... Esse filme foi rodado dez anos atrás pelo nosso grande Fiódor Líssi, vulgo "Fiédia come urso". É o filme mais importante da história da Rússia Renascida. Ele trata da conspiração no Departamento dos Embaixadores e na Duma, do assentamento da Muralha Ocidental, dos conflitos no Estado, dos primeiros *oprítchniks*, dos heróis Valúi e Zviérog, que morreram na datcha

---

[32] *Polossáti réis* (1961), filme soviético dirigido por Vladímir Fiétin. (N. da T.)

[33] Obra clássica da literatura chinesa, o romance histórico *Margem d'água* (século XIV) foi diversas vezes adaptado para o cinema e a tevê. (N. da T.)

do ministro traidor. O episódio entrou para a história russa sob o título "Repartir e Vender". E quanto barulho provocou esse filme, quanta discussão, quantas perguntas e respostas! Quantos automóveis e quantas caras não foram estropiados por ele! O ator que interpretou o Soberano, depois de tudo isso, se retirou para um mosteiro. Faz muito tempo, muito tempo mesmo, que não assisto esse filme. Mas lembro-me de cor dele, pois para nós, *oprítchniks*, é uma espécie de manual.

Vejo na bolha azul os rostos do ministro de Assuntos Externos e de seu cúmplice, o presidente da Duma. Estão na datcha do ministro, fechando um acordo nefasto sobre a divisão da Rússia.

PRESIDENTE DA DUMA:
Bem, tomamos o poder. Mas o que vamos fazer com a Rússia, Serguei Ivánovitch?

MINISTRO:
Repartir e vender.

PRESIDENTE:
Para quem?

MINISTRO:
O Oriente aos japoneses, a Sibéria aos chineses, a região de Krasnodar aos ucranianos, o Altai aos cazaques, a região de Pskov aos estonianos, Nóvgorod aos bielorrussos. Já a Rússia central, guardaremos para nós. Tudo está pronto, Borís Petróvitch. As pessoas não só foram escolhidas, como também já estão repartidas. (*Pausa significativa, uma vela queima.*) Então, amanhã! Que tal?

PRESIDENTE (*olhando ao redor*):
Tenho apenas um receio, Serguei Ivánovitch...

MINISTRO (*abraça o presidente e respira fundo*):
Não tenha medo, não tenha medo! Junto comigo você vai mandar e desmandar em Moscou! Hein? Moscou! (*Aperta os olhos com lascívia.*) Pense bem, meu caro! Moscou inteira estará bem aqui! (*Mostra a palma da mão rechonchuda.*) E então, vai assinar?

E imediatamente os olhos do presidente da Duma aparecem em plano fechado. Primeiro eles correm assustados, acuados como um lobo encurralado, mas depois, de repente, a fúria parece despertar neles, e se transforma em raiva frenética. E imediatamente cresce uma música ameaçadora, surge uma sombra oblíqua, inquietante, o vento noturno balança uma cortina, uma vela se apaga, um cachorro começa a latir. E na escuridão os punhos do presidente se apertam, primeiro tremendo de medo, depois de ira e ódio ao Estado russo.

PRESIDENTE (*rangendo os dentes*):
Assinarei tudo!

Muito bom esse diretor Fiédia Líssi. Não foi à toa que logo depois do filme o Soberano o colocou na presidência da Câmara Cinemática. Mas essa dama... pelo visto é da antiga fidalguia. E para os fidalgos esse filme é o que a faca é para o cordeiro. A dama olha para a bolha com o filme como se não visse nada. Como se o olhar atravessasse a bolha. O semblante é frio, indiferente. Não é muito bonita, mas tem procedência. Vê-se que não cresceu no orfanato de Novoslobódsk.
Não consigo me conter:
— Senhora, esse filme lhe agrada?
Ela vira o rosto bem cuidado em minha direção:
— Muitíssimo, senhor *oprítchnik*.

Ela não move sequer um músculo da face. É calma como uma serpente.

— O senhor pergunta por dever de ofício?

— De modo algum. Simplesmente porque nesse filme há muito sangue.

— O senhor supõe que as mulheres russas tenham medo de sangue?

— As mulheres em geral têm medo de sangue. Agora, as russas...

— Senhor *oprítchnik*, graças a vocês as mulheres russas há muito tempo se acostumaram com o sangue. Ao excesso e à falta dele.

Olha só! Essa não é fácil de pegar.

— Que seja, mas... me parece que existem filmes mais agradáveis ao olhar feminino. E nesse filme há muito sofrimento.

— A cada um suas preferências, senhor *oprítchnik*. Lembre-se da canção: "Para mim dá no mesmo, a dor ou o deleite".[34]

Ela me soa pomposa demais.

— Desculpe. Perguntei assim... por perguntar.

— E eu simplesmente lhe respondi por responder — ela volta a fixar o olhar frio na bolha.

Fico intrigado. Fotografo-a com o tele e dou o sinal para que nosso serviço de segurança "invada" essa mulher. A resposta chega instantaneamente: Anastassía Petrovna Stein-Sôtskaia, filha de Sôtski, tabelião da Duma. Minha Nossa Senhora! É aquele mesmo tabelião que armou o nefasto "Plano Repartir e Vender" com o presidente da Duma. Eu ainda não fazia parte da *Oprítchnina* naqueles anos de guerra, trabalhava pacatamente na Alfândega, com antiguidades e me-

---

[34] "Mne vse ravno: stradat il naslajdatsia", poema de Fiódor Miller (1818-1881) musicado por Aleksandr Dargomíjski. (N. da T.)

tais preciosos... Entendo, entendo por que ela assiste esse filme *dessa forma*. Ora, é justamente a história de sua família! Se me lembro bem, o tabelião Sôtski foi decapitado na Praça Vermelha junto com outros nove conspiradores...

Na minha bolha há tigres enjaulados, cozinheiros soviéticos, mas não consigo mais vê-los. Bem ao meu lado está uma vítima do Estado russo. Como ela foi tratada? O sobrenome sequer mudou, ela apenas acrescentou outro. É orgulhosa. Solicito uma biografia detalhada: 32 anos, casada com Borís Stein, negociante têxtil; naquela época, viveu seis anos no exílio com a mãe e o irmão mais novo; é formada em direito; núcleo caracterológico "Irmã-18 em fuga"; canhota, quebrou uma clavícula, pulmões frágeis, dentes ruins; sofreu dois abortos, na terceira gravidez teve um menino; vive agora em Orenburg e gosta de arco e flecha, xadrez e de cantar romanças russas no violão.

Apago meus tigres e tento cochilar.

Mas pensamentos rondam a minha cabeça: bem ao meu lado está uma pessoa que guardará rancor para sempre. Não apenas de nós, os *oprítchniks*, mas do próprio Soberano. E com essa pessoa não se pode fazer nada. De todo modo, ela educa seu filho, sim senhora, e por certo às quartas-feiras os Stein organizam recepções familiares e a *intelligentsia* de Orenburg ali se reúne. Cantam romanças, bebem chá com geleia de cereja, e depois a conversa corre solta. E nem é preciso ser a vidente Praskóvia para adivinhar sobre o que e sobre quem eles falam...

E, afinal, há centenas e centenas deles. E, contando filhos, esposas e maridos, são milhares e milhares. Isso já constitui uma força e tanto, é preciso levar em conta. É preciso se antecipar, e prever os lances. E o fato de termos chutado todos eles de suas residências na capital e os despachado para Orenburg ou Krasnoiársk não foi nem saída, nem solução. Em suma: nosso Soberano é benevolente. E graças a Deus...

Por fim consegui cochilar.

Mesmo dormindo vi alguma coisa que parecia fugir e escapar. Não era o meu corcel branco, mas algo mesquinho, frágil e angustiado...

Despertei quando já anunciavam a aterrissagem. Dei uma espiada com o canto do olho na bolha com o filme histórico: já estava no desfecho, o interrogatório no Departamento do Serviço Secreto, a tortura, as tenazes incandescentes, o rosto do ministro desfigurado pelo ódio:

— Eu odeio vocês... como odeio!

Então o final, as últimas cenas: aparece o Soberano ainda jovem, contra a paisagem de sua terra natal; banhado pelo sol nascente, ele segura nas mãos o primeiro tijolo, olha para o Ocidente e pronuncia solenemente:

— A Grande Muralha Russa!

Aterrissamos.

Potrokhá vem me receber junto ao avião — é um jovem de faces coradas, nariz arrebitado, com um topete dourado. Instalo-me em seu puro-sangue e, como sempre, tenho a sensação de estar em meu próprio automóvel. *Déjà-vu*. Os carros dos *oprítchniks* são todos iguais, seja em Moscou, Orenburg ou Oimiakón: cupês potentes de quatrocentos cavalos, cor de tomate maduro.

— Saudações, Potrokhá.

— Saudações, Komiága.

Todos nos tratamos sempre por "você", pois a *Oprítchnina* é uma só família. Embora eu seja uma vez e meia mais velho que Potrokhá.

— Por que não conseguiram caçar esses ratos? Bastou Tchápij se mandar para tudo degringolar entre vocês.

— Não se irrite, Komiága. A coisa lá está ensebada. Eles têm um anzol no Departamento. Tchápij estava numa boa com todos. Mas eu para eles não sou ninguém. Preciso de um "ombro".

— Então você precisa de um ombro esquerdo, mas eu sou da direita!

— Agora isso não tem a menor importância, Komiága. O principal é que você tem o Selo. Na hora de um litígio é preciso um *oprítchnik* com plenos poderes.

— Sei muito bem. Um *oprítchnik* com plenos poderes. Ou seja, com o Selo. Apenas doze *oprítchniks* possuem o Selo. Fica na palma da mão esquerda, sob a pele. E para retirá-lo, só se me arrancarem a mão.

— Você escalou o escriturário?

— Mas claro! Dentro de um quarto de hora haverá uma junta "branca".

— E os médicos?

— Tudo em ordem.

— Vamos embora!

Potrokhá dirige com audácia, ele sai pelo portão do aeroporto, pega a estrada e manda bala. Afastamo-nos do aeroporto e seguimos não em direção a Orenburg, conhecida por seus xales de lã e suas beldades sino-russas de olhos rasgados, mas na direção oposta. No caminho, Potrokhá me explica o caso em detalhes. Há muito, muito tempo que não trabalho com a Alfândega. Surgiu muita coisa nova desde então. Muita coisa que antes não poderíamos sequer imaginar. Surgiram, por exemplo, transparentes ilegais. Surgiu também uma misteriosa "exportação de espaços vazios". O ar subtropical tem agora uma ótima cotação na Sibéria — trazem recipientes contendo esse ar. E do Império Celestial trazem uns acessórios com desejos comprimidos. Um mistério! Graças a Deus, o caso de agora é bem mais simples.

Em um quarto de hora Potrokhá chega voando ao Caminho. Já faz três anos que não o vejo. E a cada vez que o revejo sinto falta de ar. O Caminho! Que coisa potente. Ele sai de Cantão, atravessando a China, passa pelo Cazaquistão, depois atravessa a nossa Muralha Meridional pelo Portão Sul e então percorre a nossa Mãe Rússia, até Brest. E dali vai direto a Paris. É o Caminho Cantão-Paris. Conforme a produção mundial dos principais produtos e mercadorias ia migrando para a Grande China, foi sendo construído esse Caminho que liga a China à Europa. Ele possui dez faixas de circulação e embaixo da terra há quatro linhas de trens de alta velocidade. Dia e noite transitam pelo Caminho pesados caminhões com mercadorias, e sob a terra assobiam trens prateados. Contemplar isso é um regalo para os olhos.

Aproximamo-nos.

O Caminho é todo cercado por uma tripla linha de proteção, que o defende de sabotadores e dos *cyberpunks* celerados. Entramos na "área de decantação". É um prédio bonito, grande, todo envidraçado, equipado especialmente para os caminhoneiros. Ali você encontra um jardim de inverno com palmeiras, uma sauna com piscina, tabernas chinesas, albergues russos, salas de ginástica e também uma casa de tolerância com putas habilidosas, um hotel, uma sala de cinema e até uma pista de patinação no gelo.

Mas eu e Potrokhá vamos direto à sala de reunião. E lá já estão esperando, e mais que esperando: um tabelião do Departamento Aduaneiro, um escriturário do mesmo departamento, aquele que nós "amaciamos", dois outros da Câmara de Seguros, um *sôtnik* do Departamento de Estradas e dois representantes dos chineses. Sentamo-nos os dois e começamos a conversa. Entra uma dama de chá chinesa, prepara um chá branco para revigorar a disposição do corpo, e nos serve com um sorriso. O tabelião da Alfândega não arreda o pé:

— O trem está limpo, os cazaques não têm objeções, o acordo é transparente e *justo*.

Está claro que o tabelião foi "amaciado" pelo trem inteiro, por todos os doze vagões, e até Brest. Nossa tarefa consiste em reter os chineses, para que o prazo do seguro deles vença, assim o nosso seguro vai pesar.

E o nosso seguro é de 3%. No Caminho, qualquer vira-lata sabe disso. É com esses 3% que a tesouraria da *Oprítchnina* engorda. E não apenas a *Oprítchnina*. Isso é suficiente para todos os *justos*, assim todos levam o seu. Esses 3% cobrem muitos gastos dos *justos*. E nossos gastos, dos servidores do Soberano, não têm fim. Será que o tabelião da Alfândega, entupido de *yuans*, está disposto a compreender isso?

O *sôtnik* das Estradas é nosso. Ele começa a oscilar:

— Dois vagões estão com vistorias chinesas espúrias. Será preciso uma perícia.

O chinês se defende:

— As vistorias são *justas*, veja aqui o laudo.

Surgem no ar os ideogramas reluzentes do termo de comprovação. Eu aprendi chinês falado, é óbvio, como viver sem isso hoje em dia? Mas com os ideogramas é o caos. Potrokhá, no entanto, é hábil em chinês escrito; ele descobre que houve a substituição da segunda turbina e ilumina o documento com seu detector:

— Onde está o certificado de qualidade? O endereço do fabricante? O número do lote?

— Shantou, fábrica Riqueza Vermelha, 380-675406.

Hm. É uma turbina "nacional". Não tiraremos nada da vistoria. Ficou difícil trabalhar no Caminho. Antes, simplesmente estropiávamos os vagões: ou furávamos os pneus, ou dávamos pancadas, ou então, na taberna, púnhamos alguma coisa na sopa do condutor. Hoje em dia vigiam tudo. Bem, não faz mal. Temos o nosso jeito, o nosso bom e velho jeito. Quem está servindo o chá é uma *xiāo jiĕ*[35] "amaciada".

— Senhores, creio que esgotamos a conversa — declara o tabelião da Alfândega, e leva a mão ao coração.

Agitação geral — o que houve?

---

[35] "Moça", em chinês. (N. do A.)

— Está tendo um ataque cardíaco!
Aí está! E a nossa *xiăo jiĕ* nem sequer ficou ruborizada. Ela faz uma reverência e sai com a bandeja de chá. Os médicos aparecem e levam o tabelião. Ele geme, está pálido. Mantemos a calma:
— Não é nada, Saviêli Tikhônovitch, vai melhorar!
Claro que vai melhorar, como não? Os chineses se levantam — assunto encerrado. Ah, não! Agora é a nossa vez: uma última pergunta ao escriturário amaciado:
— A propósito, senhor escriturário, parece que o certificado de rodagem foi assinado com uma data retroativa.
— De que está falando? Não pode ser! Bem, bem, bem... — o escriturário arregala os olhos ao ver o certificado e percorre o documento com seu sinalizador. — É isso mesmo! A marca azul está borrada. Ah! Bandidos! Embrulharam o crédulo do Saviêli Tikhônovitch. Passaram a perna nele! Venderam gato por lebre! *Zuì xíng!*[36]
Vejam como a coisa se enroscou. O chinês resmunga:
— Não pode ser! O certificado foi conferido pelos dois lados da fronteira.
— Se o representante da Alfândega russa notou uma discordância, então é preciso uma perícia dos dois lados — respondo. — Em uma situação litigiosa, sou eu, um *oprítchnik* com plenos poderes, quem representa o nosso lado.
Os chineses entram em pânico: isso levaria um tempo absurdo e o seguro chinês iria expirar. E fazer um novo certificado não é como preparar uma torta de esturjão. Precisarão de uma inspeção sanitária, de uma vistoria técnica e de uma nova inspeção alfandegária, além de um visto da Câmara de Combate ao Monopólio. Resta apenas uma solução:
— Façam um seguro, senhores.

---

[36] "Crime", em chinês. (N. do A.)

Os chineses uivam. Xingam. Quem, quem você está ameaçando, seu *shăbī*?³⁷ Vá reclamar para quem quiser. O *sôtnik* do Departamento de Estradas ignora os chineses.

— O seguro russo é a melhor proteção contra os *cyberpunks*.

Os chineses rangem os dentes:

— Onde está o Selo?!

É o caso de se perguntar: por que diabos teria eu voado até aqui? Está aqui o Selo: levo a palma da mão esquerda a um quadrado de vidro opaco, deixando nele o Pequeno Selo do Estado. E chega de perguntas. Potrokhá e eu trocamos piscadelas: os 3% são nossos! Os chineses vão embora de nariz torcido, o escriturário amaciado sai, tendo feito a sua parte. Todos os demais se retiram. Ficamos só eu e Potrokhá.

— Obrigado, Komiága — diz Potrokhá, apertando o meu punho.

— Palavra e Dever, Potrokhá.

Terminamos nosso chá e saímos para tomar ar. Aqui é um pouco mais frio do que em Moscou. Nós, *oprítchniks*, temos uma velha guerra com os aduaneiros. É impossível prever o seu fim. E tudo porque os aduaneiros estão sob as ordens de Aleksandr Nikoláievitch, irmão do Soberano. E assim será por muito tempo. E Aleksandr Nikoláievitch não tolera o nosso Pai. Aconteceu alguma coisa entre eles e nem mesmo o Soberano conseguiu reconciliá-los. E nada pode ser feito — houve guerra, e há, e haverá...

— Seria bom descansar — Potrokhá coça seu topete ultradourado e desloca a *chápka* de zibelina até a nuca. Vamos aos banhos. Lá tem um massagista de mão cheia. E duas *guniangzinhas*...³⁸

---

³⁷ "Imbecil", em chinês. (N. do A.)

³⁸ Diminutivo de *gūniāng*: "moças", em chinês. (N. do A.)

Ele saca o tele e me mostra. Duas chinesas encantadoras surgem no ar: uma nua e montada em um búfalo, a outra deliciando-se em uma cascata, também nua.

— Que tal? — Potrokhá dá uma piscadinha. — Não vai se arrepender. Melhores que as suas moscovitas. Estas são virgens eternas.

Olho o relógio: 15:00.

— Não, Potrokhá. Tenho que voar ainda hoje a Tobol e depois apagar uma estrela em Moscou.

— Bem, você é quem sabe. Ao aeroporto, então?

— Isso.

Enquanto ele me leva, consulto o horário dos voos e escolho um. Acontece que eu teria uma hora de intervalo, mas retenho um avião que está prestes a decolar: que esperem, esses babacas. Despeço-me de Potrokhá e me acomodo no avião que vai de Orenburg a Tobol, contato o serviço de segurança de Praskóvia e peço que ela me receba. Ponho os fones de ouvido e peço *Scheherazade* de Rimsky-Korsakov. E adormeço.

O toque delicado da mão da aeromoça me acorda:
— Senhor *oprítchnik*! Já aterrissamos.
Ótimo. Depois de tomar um gole de água mineral Altai, deixo o avião e caminho pela esteira rolante que me conduz ao enorme edifício do aeroporto Ermák Timofêievitch.[39] É um aeroporto novo, recém-construído pelos chineses. Já estive aqui três vezes. E sempre para a mesma tarefa: falar com a vidente.

Ao lado da figura gigantesca de Ermák com sua espada reluzente, me esperam dois brutamontes do serviço de segurança da grande profetisa. Esses dois, embora tenham uma cabeça a mais de altura do que eu e sejam duas vezes mais largos, ao lado da bota de granito de Ermák Timofêievitch ficam parecendo dois ratinhos de caftan vermelho.

Aproximo-me. Eles fazem uma saudação e me conduzem ao automóvel. À saída tenho tempo de aspirar o ar de Tobol: é ainda mais gelado que o de Orenburg. Uns bons 32 graus abaixo de zero. Vejam só o aquecimento global, sobre o qual tanto insistem os estrangeiros. Há ainda muito frio e muita neve na Rússia, meus senhores, não duvidem disso.

Instalam-me em um potente jipe chinês Chu Pa Chie com um para-choque que lembra um focinho de javali. Ago-

---

[39] Ermák Timofêievitch (1532-1585), célebre líder cossaco que deu início à exploração da Sibéria e à expansão da colonização russa nessa região. (N. da T.)

ra há esse tipo de jipe por toda parte na Sibéria. São seguros, infalíveis, tanto no frio mais intenso como no calor. Os siberianos os chamam de "javalis".

Primeiro vamos pela autoestrada e depois desviamos para um outro caminho. De Moscou, o *tíssiatchnik* do bando me dá um "toque", avisando que está tudo pronto para o apagamento da estrela, o concerto será às 20:00. Entendido, mas é preciso chegar a tempo.

O caminho se estende por entre bosques, depois penetra a taiga. Seguimos em silêncio. No entorno há pinheiros, abetos e lariços cobertos de neve. É bonito. Mas o sol já começou a se pôr. Mais uma horinha e anoitecerá. Percorremos umas dez verstas. Nosso Chu Pa Chie desvia para uma estradinha coberta de neve. Meu puro-sangue urbano pararia bem aqui. Mas as rodas de um *archin*[40] e meio do "javali" amassam a neve como uma máquina de moer carne. O javali chinês vai sulcando a neve russa. Andamos uma versta, e mais outra e uma terceira. E de repente abre-se a taiga milenar. Chegamos! Na ampla clareira ergue-se um *tiêrem*[41] extravagante, construído com troncos de pinheiros centenários, com torreões caprichosos, janelinhas gradeadas com alizares ornamentados e um teto revestido de escamas de cobre, adornado com galos e cata-ventos. O *tiêrem* é circundado por uma paliçada de dez *archins* de altura, feita com troncos grossos e pontiagudos. Nenhum homem e nem mesmo um animal seria capaz de transpor uma paliçada dessas. Talvez apenas o Ermák Timofêievitch de pedra pudesse tentar passar por cima, mas correndo o risco de ter seus ovos de granito arrancados.

Aproximamo-nos do vasto portão de madeira reforçado com chapas de ferro. O Chu Pa Chie emite um sinal invisível

---

[40] Antiga medida russa equivalente a 0,71 m. (N. da T.)

[41] Na Rússia antiga, casa em formato de torre. (N. da T.)

e inaudível, e os portões se abrem. Entramos no pátio da herdade de Praskóvia. Guardas vestidos com trajes chineses cercam o carro com espadas e bastões farpados. Na casa da vidente, todos os seguranças são chineses e mestres em kung fu. Saio do "javali", subo os degraus do alpendre de madeira entalhada, decorado com animais siberianos. Mas aqui todos os animais parecem viver tão somente na harmonia do amor. Não é um alpendre, mas a maravilha das maravilhas! Há um lince lambendo a fronte de um veado, lobos brincando com javalis, lebres beijando uma raposa, uma perdiz sentada em cima de um arminho. Dois ursos sustentam as colunas do alpendre.

Entro.

Lá dentro, tudo é completamente diferente. Não há nada entalhado em madeira, nenhum motivo russo. As paredes são nuas e lisas, cobertas de mármore, o chão é de pedra, iluminado por baixo por uma luz verde, e o teto é de ébano. Os castiçais ardem, o incenso exala. Uma cascata jorra pela parede de granito. Nenúfares flutuam em um espelho d'água.

A criadagem da vidente se aproxima de mim sem o menor ruído. Parecem sombras vindas de outro mundo: suas mãos são frias, os rostos, impenetráveis. Levam minha arma, meu tele, meu caftan, o casaco, a *chápka* e as botas. Fico só de camisa, calças e meias de lã de cabra. Levo os braços para trás. Os criados silenciosos me enfiam um robe chinês de seda, fecham os botões de tecido, calçam-me uns chinelos macios. É essa a regra para todos aqui. Condes, príncipes e altos dignitários da capital, membros do Círculo Interno, devem vestir o robe quando visitam a vidente.

Passo ao interior da casa. Está vazio e silencioso, como sempre. Na penumbra vejo vasos chineses e animais esculpidos na pedra. Vejo também, nas paredes, ideogramas que evocam a sabedoria e a eternidade.

Ouço a voz de um chinês:

— A senhora o espera junto ao fogo.

Isto quer dizer que outra vez vamos conversar ao lado da lareira. Ela gosta de conversar diante do fogo. Ou será que está simplesmente morta de frio? É bem verdade que dá um imenso prazer ficar olhando o fogo. Como diz o nosso Pai, há três coisas que a gente gosta de olhar: o fogo, o mar e o trabalho dos outros.

Os criados silenciosos me conduzem ao aposento da lareira. Ele é escuro e silencioso. Há apenas o som das achas que queimam e crepitam na grande lareira. E não só achas, mas também livros. Como sempre na casa da vidente, há livros misturados à lenha de bétula. E junto à lareira há uma pequena pilha de achas, e outra de livros. O que a vidente estará queimando hoje? Na última vez era poesia.

As portas se abrem, ouve-se um leve ruído. É ela. Eu me viro. A vidente Praskóvia avança em minha direção com suas muletas de sempre, azuis reluzentes, arrastando as pernas finas pelo chão e fixando em mim os olhos imóveis e alegres. *Trac, trac, trac*. Suas pernas se arrastam pelo chão de granito. É este o som dela.

— Boa tarde, meu pombinho.
— Boa tarde, Praskóvia Mamôntovna.

Ela se move suavemente, como se patinasse sobre o gelo. Aproxima-se bem de mim e fica imóvel. Observo o seu rosto. É um rosto extraordinário. Não há outro como este em toda a Rússia. Não é feminino nem masculino, nem velho nem jovem, nem triste nem alegre, nem mau nem bom. E os olhos verdes estão sempre alegres. Para nós, meros mortais, essa alegria é incompreensível. Só Deus sabe o que eles escondem.

— Chegou de avião?
— Sim, de avião, Praskóvia Mamôntovna.
— Sente-se.

Sento-me em uma poltrona diante da lareira. Ela afunda

em sua cadeira de ébano. Acena ao criado. Ele pega um livro de uma pequena pilha e o lança ao fogo.

— De novo aquele velho assunto?

— O mesmo.

— O que é velho é como pedra lançada à água. Ao redor da pedra os peixes se agitam, acima dela voam as aves do céu, e no ar branco elas brincam, aves detalhadas, aos homens assemelhadas. Pois os homens rodopiam e para trás nunca se viram, vivem bem displicentes, mas resmungam inconvenientes, caem aos pelotões, enfileirados em caixões, para o fundo da terra partem e das mulheres de novo renascem.

Ela se cala, olha o fogo. Fico calado. Quando estou diante dela, sempre desponta certa timidez em minha alma. Nem diante do Soberano sinto-me tão tímido como diante dela.

— Trouxe novamente os cabelos?

— Trouxe.

— E a camisa?

— Trouxe uma camisa de baixo, Praskóvia Mamôntovna.

— A camisa de baixo de tudo se aparta, viverá para todo o sempre, ganhará uma nova mente, há de ficar podre e velha, será jogada n'água que ferve, depois seca e passada se ajustará ao bem-amado, em seu corpo colada, responderá com bondade.

Observa o fogo. Nele, arde um livro de Fiódor Mikháilovitch Dostoiévski, *O idiota*. As extremidades se incendeiam primeiro, a capa já fumega. Outra vez a vidente acena ao criado. Ele lança mais um livro ao fogo: Lev Nikoláievitch Tolstói, *Anna Kariênina*. O livro cai pesadamente no calor das chamas alaranjadas e lá fica por um tempo, e depois, de repente, todo ele se inflama. Contemplo, fascinado.

— Está vendo algo? Ou será que nunca queimou livros?

— Entre nós, Praskóvia Mamôntovna, queimamos apenas os livros nocivos. Livros de obscenidade ou subversão.

— E estes, em sua opinião, são úteis?
— Os clássicos russos são úteis para o Estado.
— Meu pombinho, livros devem ser apenas utilitários, tratar de carpintaria, estufa, construção, eletricidade, construção naval, mecânica, tecelagem, tinturaria, fundição, avicultura, panificação, olaria, plásticos.
Não a contradigo. Sou precavido. Ela está sempre certa. Quando se aborrece, não lhe custa nada mandar alguém para o olho da rua. E a mim cabe executar uma tarefa importante.
— Por que está calado?
— O que devo dizer?
— Bem, conte o que se passa lá em Moscou.
Sei bem que na casa da vidente não há nem rádio nem bolhas de informação. Isso em primeiro lugar. Em segundo, sei que ela não gosta de nós, *oprítchniks*. E não é a única. E graças a Deus...

— Em Moscou a vida prospera, as pessoas vivem em abundância, não há tumultos, uma nova via subterrânea está sendo construída, da estação Saviólovskaia até a Domodiédovo...

— Não estou perguntando isso, meu pombinho — ela me interrompe. — Quantos mataram hoje? Sinto o odor de sangue fresco que você exala.

— Demos cabo de um fidalgo.

Ela me olha fixamente e pronuncia:

— Acabaram com um e criaram dez. Sangue não se cobre com sangue. O sangue no sangue se fecha. Fecha, estanca, comprime: melhora. A crosta o cicatriza, o trapo o transforma, e ele irrompe, rebenta, renasce em novo sangue.

E torna a olhar fixamente para o fogo. Difícil entendê-la: na última vez, por pouco não me enxotou, quando soube que seis tabeliães da Câmara do Comércio haviam sido "despachados" na Pedra do Crânio. Ela ciciou que éramos sanguessugas tenebrosos. E na penúltima vez, quando soube da execução do *voievoda* do Extremo Oriente, disse que era "pouco ainda"...

— Vosso Soberano é uma bétula branca. E nessa bétula há um galho seco. E no galho repousa um falcão, que bica o dorso de um esquilo, e o esquilo range os dentes, e se escutarmos com o mais puro ouvido, duas palavras se distinguem no rangido: *chave* e *Oriente*. Compreende, pombinho?

Fico calado. Ela tem permissão de dizer qualquer coisa. Ela bate na minha testa com a mão ressequida:

— Pense!

Mas pensar em quê? Pensar, não pensar, de todo modo nem o diabo será capaz de entender.

— O que se encontra entre essas palavras?

— Não compreendo, Praskóvia Mamôntovna. Talvez... um oco?

— Sua mente é deplorável, pombinho. Não é oco nenhum, é a Rússia.

Vejam só... a Rússia. Então é a Rússia... Baixo os olhos. E observo o fogo. Ali estão ardendo *O idiota* e *Anna Kariênina*. E devo reconhecer que queimam muito bem. Em geral, os livros são fáceis de queimar. Os manuscritos então, são como pólvora. Já vi muitas fogueiras de livros manuscritos, tanto em nosso pátio como no do Serviço Secreto. E também a própria Câmara dos Escritores fez fogueiras na praça do Manejo para se livrar de seus subversivos, poupando-nos o trabalho. Posso dizer uma coisa: junto a uma fogueira de livros é sempre, sempre muito quente. Esse é um *fogo quente*. E foi ainda mais quente dezoito anos atrás, quando, em plena Praça Vermelha, o nosso povo queimou seus passaportes. Aquilo sim foi um fogaréu! O evento me causou uma profunda impressão quando adolescente. Em janeiro, no frio de rachar, a pedido do Soberano as pessoas levavam seus passaportes na principal praça do país para atirá-los ao fogo.

Cada vez mais gente. Vinham de outras cidades à capital Moscou para queimar o legado do Tumulto Branco. Para jurar lealdade ao Soberano. A fogueira ardeu por quase dois meses...

Lanço um olhar à vidente. Os olhos verdes estão cravados no fogo, ausentes de tudo. Está sentada como uma múmia egípcia. Mas o trabalho não pode esperar. Dou uma tossida.

Ela se ajeita:

— Quando tomou leite pela última vez?

Tento me lembrar:

— Antes de ontem no café da manhã. Mas, Praskóvia Mamôntovna, nunca bebo leite puro. Sempre misturo com café.

— Não beba leite de vaca. Apenas coma manteiga. Sabe por quê?

Sei lá, porra...

— O leite de vaca canta na cabeceira: no coração me assento, acumulando veneno, na água diluo-me, dela me cubro, e pelo bezerro, meu filhinho, hei de rezar, e os ossos do bezerrinho me virão visitar, ossinhos branquinhos, dispostos à cretinice, vão troar e morrer, toda força eles vão ceder.

Concordo com um aceno de cabeça:

— Não beberei leite, então.

Ela toma a minha mão entre as suas palmas descarnadas, porém macias.

— E coma manteiga. Porque na manteiga de vaca a força não é escassa, e se acumula no soro, gira em círculos, enrodilha-se qual bolo, na prateleira respira, e a gordura fermenta, no fígado penetra, sob a pele se deposita, e a força se multiplica.

Concordo com a cabeça. Gosto de manteiga. Especialmente quando a gente passa em um *kalátch* quentinho, e põe em cima um caviar de esturjão...

— Mas vamos ao seu assunto.

Procuro no meu peito e retiro uma bolsinha de seda azul com as iniciais da Soberana. Retiro dessa bolsa uma finíssima camisa de baixo e duas mechas de cabelo embrulhadas em papel: uma negra e outra castanha. Praskóvia pega primeiro as mechas. Ela as coloca na palma da mão esquerda, remexe com um dos dedos, examina, move os lábios e pergunta:

— Como se chama?

— Mikhail.

Murmura alguma coisa para os cabelos, mistura-os e os aperta no punho cerrado. Depois, ordena:

— Uma vasilha!

Os criados se movem de modo imperceptível. Trazem uma vasilha de cerâmica com óleo de cedro e a depositam sobre os joelhos da vidente. Ela joga as mechas no óleo, pega a vasilha com as mãos ossudas e a aproxima de seu rosto. E começa:

— Amarra-cola-adere para todo o sempre o coração do bravo Mikhail ao coração da bela donzela Tatiana. Amarra-cola-adere. Amarra-cola-adere. Amarra-cola-adere. Amarra-cola-adere. Amarra-cola-adere.

Praskóvia pega a camisa do jovem *sôtnik* do regimento do Krêmlin, Mikhail Efímovitch Skôblo, e a mergulha no óleo. Devolve a vasilha aos criados. E está feito.

Os olhos da vidente se voltam para mim:

— Diga à Soberana que antes do amanhecer o coração dela estará atado ao coração de Mikhail.

— Obrigado, Praskóvia Mamôntovna. Receberá o dinheiro, como sempre.

— Diga-lhe que não mande mais dinheiro. O que fazer com ele, pôr em salmoura? Que me envie sementes de samambaia, arenques do Báltico e livros. Pois os meus, já os queimei todos.

— Que tipo de livro, precisamente?

— Russos, russos...

Aceno com a cabeça e me ponho de pé. E fico inquieto: agora não seria nenhum pecado perguntar de mim. De todo modo, não se pode esconder nada de Praskóvia.

— Por que se contrai? Decidiu falar de seus assuntos?

— Sim, é isso, Praskóvia Mamôntovna.

— Com você tudo é muito claro, meu falcão, nem precisa abrir a boca: uma jovem mulher espera um filho seu.

Essa é boa!

— Qual delas?

— Aquela que vive com você em sua própria casa.

Anastassía! Minha Nossa Senhora... Mas eu lhe dei as pílulas. Ah! Sacana... Maldita...

— Faz muito tempo?

— Pouco mais de um mês. Vai nascer um menino.

Fico calado e tento me recompor. Bem, o que fazer... Acontece. Iremos resolver.

— Quer perguntar sobre o trabalho?

— Sim, eu...

— Por enquanto, está tudo bem. Mas há invejosos.

— Eu sei, Praskóvia Mamôntovna.

— Se já sabe, tenha cuidado. Dentro de uma semana o seu carro vai quebrar. Você vai contrair uma doença leve. Vão te perfurar uma perna. A esquerda. Vai receber dinheiro. Pouco. Vão bater na sua cara. Não muito forte.

— Quem?

— Seu chefe.

Sinto um alívio no coração. O Pai é para mim como o meu próprio pai. Hoje bate, amanhã acaricia. Quanto à perna... já estou acostumado.

— Para você é isso, meu pombinho. Chispa daqui.

Ainda não é tudo. Há uma última pergunta. Nunca lhe perguntei disso, mas hoje algo me impele. Estou disposto. Encho-me de coragem.

— O que mais deseja? — Praskóvia fixa o olhar em mim.
— O que vai acontecer com a Rússia?
Ela se cala e me olha fixamente. Espero, trêmulo.
— Nada.
Curvo-me em reverência, toco o chão de pedra com a mão direita.
E saio.

O voo de volta não foi nada mal, embora o avião estivesse um pouco mais cheio. Tomei uma cerveja Ermák, belisquei ervilhas salgadas, assisti um filme sobre os nossos valorosos cambistas do Tesouro. Sobre como eles combateram a China Union Pay quatro anos atrás. Eram tempos agitados. Outra vez os chineses tentaram nos agarrar pelo pescoço, mas nada deu certo para os zarolhos. O nosso Tesouro aguentou firme, respondeu com a segunda cunhagem. Então nos olhos vesgos reluziram as novas moedas russas de ouro. *Diaodalian!*[42] Como se diz: amigos, amigos, negócios à parte.

É noite em Moscou.

Dirijo do aeroporto de Vnúkovo até a cidade ouvindo a rádio dos inimigos.

Meu fiel puro-sangue capta a rádio sueca Paradigma, dos nossos intelectuais clandestinos. Ela possui recursos possantes, sete canais. Vou passando de um ao outro. A transmissão de hoje é um especial de aniversário, "O *underground* cultural da Rússia". Tudo de vinte, ou até trinta anos atrás. Para que a nossa filha da puta e caquética quinta coluna desate a chorar.

O Canal 1 transmite o livro de um tal Rikúnin, *Onde almoçou Derrida?*, com descrições detalhadíssimas dos luga-

---

[42] "No seu cu", em chinês. (N. do A.)

res onde o filósofo ocidental fez suas refeições durante uma visita à Moscou pós-soviética. No livro, ocupa lugar especial o capítulo "As sobras de comida de um notável". No Canal 2 estão celebrando o vigésimo quinto aniversário da exposição *Cuidado, Religião!* Condecoram uma velhusca que participou da lendária exposição obscurantista com a medalha das Vítimas da Igreja Ortodoxa Russa. Com voz trêmula, a vovozinha se põe a relembrar e balbucia algo sobre os "bárbaros barbudos de batina, que rasgaram e destroçaram nossas obras maravilhosas, puras e sinceras". No Canal 3 há uma discussão entre Vipperstein e Onufrienko sobre a clonagem do gênero do Grande Romance Putrefato, sobre o modelo comportamental do Buratino de Açúcar e sobre o adultério médico-hermenêutico. No Canal 4, um tal Igor Pávlovitch Tikhi reflete seriamente sobre a "Negação da negação da negação da negação" no romance *A nona esposa*, de A. Chestigórski. No Canal 5, Borukh Gross fala com sua voz de baixo sobre a América, que se tornou o inconsciente da China, e sobre a China, que se tornou o inconsciente da Rússia, e sobre a Rússia, que até agora ainda é o inconsciente de si mesma. O Canal 6 dá voz aos filhotes de um homem-cão, célebre "artista" dos anos do Tumulto Branco; seus filhotes uivam não sei o quê sobre a "liberdade do discurso corporal". Por fim, o Canal 7 dessa rádio asquerosa está sempre transmitindo a poesia do minimalismo russo e do conceitualismo. Com a voz cavernosa de um condenado, Vsiévolod Nekros lê seus versos, que consistem de tossidos, grunhidos e interjeições:

> dom dam dem —
> toma lá teu Deus.
> bich buch bach —
> toma lá teu Bach.
> lhim lham lhom —

toma lá teu colhão.
E isso já dá.

Hm... o que dizer disso? Pois é desse estrume, desse vômito, desse vazio estridente que se nutrem os nossos intelectuais clandestinos. São pólipos monstruosos no corpo da nossa saudável arte russa. Minimalismo, paradigma, discurso, conceitualismo... Desde a infância escuto essas palavras. Mas seu significado, nunca o compreendi. Já o significado de *A boiarda Morózova*,[43] tal qual o aprendi desde os cinco anos de idade, não o esqueci até os dias de hoje. Toda essa arte "contemporânea" não vale uma pincelada do nosso grande Súrikov. Quando minha alma sofre, quando os inimigos vencem, quando os círculos malignos se estreitam — basta fugir por um minuto até a Galeria Tretiakóv, buscar a grande tela e contemplá-la: o trenó desliza pela neve russa, levando a boiarda insubmissa, o menino corre, o *iuródiv*[44] ergue dois dedos em riste, o cocheiro arreganha os dentes... E da tela emana o cheiro da Rússia. De tal modo que você se esquece da azáfama cotidiana. O ar russo enche os pulmões. E nada mais nos falta. E graças a Deus...

Um chicote: a *prima ballerina* Kozlôva está me ligando:
— Andrei Danílovitch, arranjei o dinheiro.
Isso é bom. Combinamos de nos encontrar perto da Bi-

---

[43] Quadro de Vassili Súrikov (1848-1916), considerado uma obra-prima do realismo russo. Retrata a prisão de Feodóssia Morózova por ordem do tsar Aleksei em 1671, por ela ter apoiado os velhos crentes durante o cisma da Igreja Ortodoxa Russa. (N. da T.)

[44] Na Rússia antiga, os *iuródivis* eram andarilhos que o povo tomava por homens santos ou profetas. Também chamados de "adoradores de Cristo" ou "loucos de Cristo", os *iuródivis* se tornaram figuras emblemáticas da cultura e da literatura russas. (N. da T.)

blioteca Pública: pego uma bolsa de couro cheia de moedas de ouro de primeira cunhagem. O da primeira servirá.

Sigo pela Mokhováia.

De repente, em frente à antiga Universidade, parece que estão prestes a açoitar alguém. Interessante. Diminuo a marcha e me aproximo. É aqui que costumam açoitar a *intelligentsia*. Na praça do Manejo, um pouco mais longe, açoitam os da *zêmschina*, e na Pedra do Crânio, os burocratas. Os Artilheiros açoitam-se a si mesmos nos quartéis. Quanto aos demais canalhas, são "tratados" na Smolénskaia, na Miússkaia, na estrada Mojáiskaia e no mercado Iassênev.

Chegando perto, abaixo o vidro e acendo um cigarro. As pessoas se afastam para que eu possa olhar melhor: respeitam muito os *oprítchniks*. No patíbulo de madeira está Chka Ivánov — célebre carrasco da *intelligentsia* moscovita. É aqui que ele os tortura, regularmente, às segundas-feiras. O povo o conhece e o respeita. Chka Ivánov é robusto, tem a pele clara, o peito largo, é baixote e cabeludo e usa óculos redondos. Ele lê a sentença em alto e bom som com sua voz retumbante. Estou ouvindo de esguelha e observando as pessoas. Entendo apenas que decidiram torturar um tal escriturário Danílkov, da Câmara das Letras, por causa de sua "negligência criminosa". Parece que copiou alguma coisa importante e errou, depois a escondeu. Um monte de intelectuais se juntou ao redor, muitos estudantes e secundaristas. Chka dobra a sentença, guarda-a no bolso e depois assobia. Surge o auxiliar de Chka Ivánov, Michania Aspas. Alto, ombros estreitos, cabeça raspada e uma perpétua expressão zombeteira no rosto. Ele é chamado assim porque parece sempre falar entre aspas, pois depois de cada palavra ele as representa com as duas mãos ao lado da cabeça, como se fossem, sem tirar nem pôr, duas orelhas de lebre. Michania arrasta o condenado Danílkov com uma corrente: é um escriturário comum, de nariz comprido. Ele faz o sinal da cruz e resmunga alguma coisa.

Michania se dirige a ele em voz alta:

— Agora, conterrâneo, vamos te "escaldar"!

E imediatamente faz as aspas com os dedos.

— Vamos te "escaldar" para que se torne um pouco melhor!

De novo as aspas. A multidão gargalha e aplaude. Os estudantes assobiam. Os carrascos agarram o escriturário e o amarram. Chka sorri.

— Deite aí, deite, seu monte de merda!

Na Rússia, os carrascos e os sargentos do exército estão autorizados a insultar com palavrões. Nosso soberano fez uma exceção a eles em razão de sua profissão árdua.

Danílkov está amarrado, Michania senta sobre suas pernas e puxa suas calças. A julgar pelas cicatrizes, a bunda do escriturário já foi açoitada várias vezes. De modo que não é a primeira vez que Danílkov é "escaldado". O estudantes assobiam, ululam.

— Aí está, conterrâneo — diz Michania —, andar pela literatura não é como "andar de moto"!

Chka ergue o chicote e começa a açoitar. E de tal forma que não há como não se admirar. Ele conhece bem o seu ofício, o carrasco ama o que faz. Seu trabalho bem-feito desperta o respeito do povo. O chicote passeia pela bunda do escriturário, primeiro à esquerda, depois à direita, e uma grade perfeita se forma na bunda dele. Danílkov solta ganidos, urra, seu nariz comprido fica vermelho.

Mas é hora de seguir o meu caminho. Jogo uma bituca de cigarro a um indigente, desvio pela Tverskáia e sigo adiante. Meu rumo é a sala de concertos no bulevar Strastnói. Lá, a apresentação da estrela já está chegando ao final. Chego, contato os bravagente e acerto os detalhes. Tudo parece estar pronto. Estaciono o carro e entro pela entrada de serviço. Vem a meu encontro meia dúzia dos bravagente, que me acompanham até a sala. Sento-me no final da quarta fileira.

A estrela está no palco. Trata-se de Savéli Ivánovitch Artamónov, contador de histórias, músico e cantor de canções folclóricas, chamado pelo povo de Artamócha: grisalho, barba branca, bem-apessoado e dono de um belo rosto, apesar de não ser tão jovem. Está sentado em seu eterno banquinho de tília, vestindo uma camisa camponesa de seda preta, e tem nas mãos seu serrote inconfundível. Artamócha desliza um arco pelo serrote e este emite uma voz fina que encanta toda a sala. E acompanhado pelo entoar envolvente daquele serrote, cantarolando com uma voz profunda e vagarosa, Artamócha narra a sua *bylina*:[45]

A comadre Raposa, olha lá, chegou, oi ai, oi ai, oi ai,
O canil achatado do Krêmlin alcançou, oi ai, oi ai, oi ai.
Ele é feito de toras robustas, é sim, oi ai, oi ai, oi ai.
Tem janelas pequenas e estreitas assim, oi ai, oi ai, oi ai.
As grades são fortes, são fortes enfim, oi ai, oi ai, oi ai.
E as portas são todas carvalho maciço, oi ai, oi ai, oi ai!
Estão bem trancadinhas, querida, muito bem
  fechadinhas, pombinha...

Artamócha joga para trás a cabeça branca, semicerra os olhos, encolhe os ombros garbosos. Canta o serrote. E o público já está "no ponto": basta jogar um fósforo e ele se incendiará. Nas primeiras filas estão sentados os mais antigos admiradores de Artamócha, que se balançam no compasso do serrote e uivam em coro. Ao centro da sala, uma louca se lamenta. Nas últimas fileiras soluçam, e alguém resmunga

---

[45] Antigas canções que narram feitos heroicos e históricos. O termo *bylina* deriva da palavra *byl* (passado do verbo *byt* — ser, estar), denotando acontecimentos históricos. Esses poemas são frequentemente escritos em versos livres, organizados pela cadência rítmica. (N. da T.)

com raiva. É difícil, essa sala. Como os bravagente vão trabalhar aqui — não faço a menor ideia.

Mas como essas travas abrir, mãezinha?
Irão essas portas cair, bonequinha?
Como passar por ali, fendinha?
Um buraco no chão vais abrir, ovelhinha?

Olho de soslaio e observo que os bravagente já estão bem no centro da sala. Na primeira fila, os seguidores de Artamócha não os deixam passar, evidentemente... A julgar pelos rostos, há muitos dos bravagente infiltrados ali. Pelo visto decidiram ganhar pelo número, como sói acontecer com eles. Deus esteja com eles. Vejamos, vejamos...

A comadre Raposa tosse e escarra, oi ai, oi ai, oi ai,
A pequena chavinha de ouro dispara, oi ai, oi ai, oi ai,
A tranca de ferro escuro destrava, oi ai, oi ai, oi ai,
A porta pesada e maciça ela afasta, oi ai, oi ai, oi ai,
E se enfia no canil do Krêmlin,
Com os machos que dormem no breu...

O público começa a fazer coro: "Com os machos, os machos, os machos!". As primeiras filas começam a se agitar, as do fundo gritam, choram e se lamentam. Quase ao meu lado há uma gorducha bem-vestida que faz o sinal da cruz, canta e se agita. Artamócha toca seu serrote e joga a cabeça para trás de modo que se pode ver o seu pomo de adão:

Com os machos que dormem no breu bem tranquilos...
Com os cães bem tratados, nutridos.
Cães magros, bem jovenzinhos,
E provoca, a cadela, provoca os cãezinhos,
Atiça, cutuca, como é repulsivo!

Mais um pouco e a sala vai explodir. Sinto que estou sentado em um barril de pólvora. E os bravagente estão todos calados, os idiotas...

E acordam os machos, acordam, oi ai,
Despertam os machos, despertam, oi ai...

Artamócha abre os olhos, faz uma pausa, percorre a sala com seu olhar perscrutador. O serrote uiva.

À comadre Raposa se lançam, se atracam!
No meio das fezes, no meio da inhaca!
E ela contente!
Quer mais, ela pede!
E mais, e mais quente!
E não é o suficiente!
Pois não sejam pacientes!
Pra tudo estou pronta!
Não tenho vergonha!
São meus, todos meus esses machos!
São meus, todos meus esses machos!
São meus, todos meus esses machos!

Artamócha grita com voz rouca, seu serrote grunhe. A sala explode. Das primeiras fileiras vêm os gritos: "Cadela! Sem-vergonha!". Alguns fazem o sinal da cruz e cospem, outros cantam em coro, com vozes esganiçadas: "São meus, todos meus esses machos!". E por fim se levanta o *tíssiatchnik* dos bravagente, de apelido Tromba, e atira um tomate podre em Artamócha. O tomate bate no peito do trovador. E de repente erguem-se todos os bravos jovens de uma vez, bem no meio da sala, e lançam em Artamócha uma saraivada de tomates. Em um segundo Artamócha fica todo vermelho.

A sala urra.

O *tíssiatchnik* Tromba urra de tal modo que sua cara enrubesce com o grito:

— Obs-ce-ni-da-de!!! Ca-lú-ni-a contra a So-be-ra-na!!!
Os bravagente acompanham o Tromba:
— Calúnia! Subversão! Palavra e Dever!

A sala fica imóvel. Eu também. Artamócha está sentado em seu banquinho, coberto de tomates. De repente sua mão se ergue. Ergue-se ele próprio. E com tal semblante que os bravagente se calam de uma só vez. Apenas Tromba tenta gritar "Calúnia!", mas sua voz ressoa solitária. E sinto, bem lá no fundo, que a coisa fracassou.

— Aí estão os cães do Krêmlin! — Artamócha exclama em voz alta, apontando o dedo vermelho para o centro da sala.

E na sala acontece algo parecido a uma explosão atômica: todos se atiram sobre os bravos jovens. Dão uma surra neles, sacudindo-os sem dó nem piedade. Eles tentam fugir, mas em vão. E os infelizes, como que pagando seus pecados, se veem cercados, e ainda por cima bem no meio da sala. São atacados de todos os lados. Artamócha se ergue no palco, no meio dos tomates, qual um São Jorge vermelho e triunfante. A gorducha que estava ao meu lado se joga entre a multidão com um ganido:

— Cães! Cães!

Tudo certo. Levanto-me. E vou embora.

Nem sempre a coisa acaba bem. Nem sempre temos êxito em nosso trabalho, difícil e cheio de responsabilidade. A culpa é minha — não dei as instruções certas e não inspecionei direito. Nada pude prever. Bem, também não tive tempo — precisei combater no Caminho. Foi essa a minha justificativa ao Pai. Bem que eu queria pegar o Tromba pela tromba para ele aprender, mas até tive pena dele — levou o que merecia. Do povo. Hm... Artamócha pega pesado, está brincando com fogo. Passou dos limites. De modo que é hora de apagá-lo. Esse patife começou como um autêntico trovador do povo. De início cantava *bylinas* antigas e canônicas, sobre Iliá Múromiets, sobre Buslái, sobre Soloviêi Budímirovitch. Granjeou fama por toda a Nova Rus, ganhou um bom dinheiro, construiu duas mansões, conquistou o favor de patronos poderosos. E assim poderia ter vivido, no bem-bom da glória popular; mas não, Artamócha dá murro em ponta de faca. E se tornou crítico de costumes. E não está criticando qualquer um: ele acusa a nossa Soberana. Como se diz, é impossível cair de lugar mais alto. Quanto à Soberana... essa é outra história. Amarga.

Pensando bem, pela ótica do Estado, nosso Soberano não teve sorte. Não teve sorte nenhuma. Há uma mancha escura em nossa Nova Rússia: a esposa do Soberano. E não há como tirar, nem cobrir, nem extirpar essa mancha. Só resta esperar, ter paciência e esperança...

Assobio, golpe, gemido.
Sinal vermelho no tele.
É a Soberana!
É só falar no diabo... Perdoa-me, Senhor. É só pensar nela e ela telefona. Pura mística! Faço o sinal da cruz, conecto e respondo de cabeça baixa:
— Às suas ordens, Soberana.
Surge no aparelho todo o seu rosto enérgico, com pelinhos acima dos lábios escarlates e carnudos:
— Komiága! Onde está?
Sua voz é profunda, vem do peito. Vê-se que a nossa mãe acabou de acordar. Olhos bonitos, negros, cílios de veludo. Esses olhos têm sempre um brilho poderoso.
— A caminho de Moscou, Soberana.
— Esteve na casa de Praskóvia?
— Estive, Soberana. Missão cumprida.
— Por que não reportou?
— Perdão, Soberana, acabei de aterrissar.
— Venha já para cá. Voando.
— Às suas ordens.
De novo ao Krêmlin. Pego a rua Miasnítskaia, mas ela está entupida — já é noitinha, horário de pico. Faço soar o hiperalarme do Estado, abrem caminho para o meu puro-sangue com a cabeça de cachorro, vou sem parar em direção à praça Lubiánka, mas lá fico preso: uma porra de um engarrafamento, que Deus me perdoe. Tenho que esperar.

Cai uma nevezinha que se assenta sobre os carros. E, como antes, lá está ele, o nosso Maliúta de bronze, sobre o seu pedestal, na praça Lubiánka: coberto de neve, com ar preocupado e o olhar fixo sob as sobrancelhas hirsutas. No seu tempo não existiam engarrafamentos de carros. Apenas engarrafamentos de vinho...

Na loja Mundo da Criança há uma enorme vitrine com um anúncio animado: meias de flanela Sviatogor. Um jovem de cabelo crespo está sentado em um banco e uma bela jovem com um enfeite nos cabelos se ajoelha diante dele com um novo modelo de meia nas mãos. E ao som de uma balalaica e aos soluços de um acordeão, o jovem estende o pé descalço. A mocinha envolve seu pé com a meia e lhe calça uma bota. E ouve-se uma voz: "Meias da Sociedade Comercial Sviatogor. Seus pés ficarão como em um berço!". E imediatamente surge um berço trançado, a balançar com um pé envolto em uma meia, ao som da canção: "Nana-nenê, nana-nenê"... E a voz da mocinha: "Como em um berço!".

Fico um pouco triste... Sintonizo a telerrádio Rus. Solicito "Minuto de Poesia Russa". Um jovem rapaz de temperamento nervoso declama:

>Os campos a névoa inunda,
>A bétula está magoada,
>A terra, nua e escura,
>A primavera, mal inaugurada.
>O flanco da bétula sangrado
>Pelo machado dentado.
>Escoa a seiva pelo fio,
>Chamando para as matinas.

É um dos novos poetas. Nada mal, inspirado... Só não entendi uma coisa — por que é a seiva da bétula que chama para as matinas? São os sinos que devem chamar. Vejo diante de mim um guarda de trânsito com seu capote fosforescente, chamo-o pelo comunicador oficial:

— Sargento, abra caminho!

Nós dois — eu com a minha sirene do Estado e ele com seu bastão — abrimos caminho. Dirijo-me à rua Ilínka, atravesso aRíbnaia e a Varvarka em direção à Praça Vermelha, entro pelo portão Spásski e vou voando ao palácio da Soberana. Deixo o carro com os porteiros, que vestem caftans cor de framboesa, e subo correndo pelo pórtico de granito. Os guardas de librés douradas abrem-me a primeira porta, entro correndo em uma antessala toda de mármore rosa, paro diante de uma segunda porta transparente e levemente reluzente. Ela é como um clarão contínuo, do teto até o chão. De cada lado estão postados dois *sôtniks* do regimento do Krêmlin, que me olham de través. Recobro o fôlego e as ideias e atravesso a porta luminosa. É impossível esconder qualquer coisa dessa ampla luz — armas, veneno, até mesmo más intenções. Entro nos aposentos da nossa Soberana.

A elegante dama de companhia da Soberana me recebe com uma reverência:

— A Soberana o espera.

Ela me conduz pelo interior do palácio, por inúmeras salas e salões. As portas vão se abrindo sozinhas, sem nenhum ruído. E do mesmo modo, sem nenhum ruído, vão se fechando. Eis que surge o quarto de dormir lilás da nossa Soberana. Entro. Diante de mim, no amplo leito, está a esposa do nosso Soberano.

Inclino-me até o chão em longa reverência.

— Saudações, facínora.

Ela sempre chama todos nós, os *oprítchniks*, dessa maneira. Não exatamente com repreensão, mas com bom humor.

— Minhas saudações, Soberana Tatiana Aleksêievna.

Ergo o olhar. A nossa Soberana está estendida na cama, vestindo uma camisola de seda violeta, que combina com a cor do quarto. Os cabelos negros e ligeiramente despenteados caídos sobre os ombros robustos. A manta está jogada de lado. Sobre a cama há um leque japonês, bolas chinesas de jade, um telemóvel de ouro, a cadelinha adormecida Katierina e o livro *Os pugs funestos*, de Dária Adachkova. Em suas mãos brancas e roliças a nossa Soberana segura uma tabaqueira de ouro coberta com pó de diamante. Ela tira uma pitada de tabaco e enfia em uma das narinas. Fica imóvel.

Observa-me com seus olhos negros e úmidos. Espirra. E tão forte que os pingentes lilás do lustre estremecem.

— Ah, a morte... — e a Soberana lança a cabeça sobre os quatro travesseiros.

A dama de companhia seca seu nariz com um lenço de cambraia e lhe serve um cálice de conhaque. Sem isso a manhã da nossa Soberana não pode começar. E a manhã é para ela o que a noite é para nós.

— Tânia, o banho!

A dama de companhia se retira. A Soberana beberica o conhaque com limão e me estende a mão. Eu seguro sua mão pesada. Apoiando-se em mim, ela se levanta do leito. Bate palmas com força e se dirige a uma porta lilás. A porta se abre. Nossa Soberana adentra. Ela é corpulenta, alta e imponente. O Senhor não a privou de uma branca e vigorosa massa corporal.

De pé em sua alcova, sigo com os olhos a nossa imponente Soberana.

— Por que fica parado aí? Venha para cá!

Sigo-a submisso até a ampla sala de banho em mármore branco. Ali, outras duas damas de companhia estão preparando o banho, elas abrem um champanhe. A Soberana pega um cálice fininho e se acomoda no vaso sanitário. É sempre assim com ela: primeiro um pouco de conhaque e depois o champanhe. A Soberana faz suas necessidades enquanto sorve um gole do cálice. Levanta-se:

— Bem, e por que está calado? Conte tudo.

Ela ergue os braços brancos e as damas de companhia tiram sua camisola. Baixo os olhos, mas consigo constatar uma vez mais a opulência e a brancura do corpo da nossa Soberana. Ah, não existe outro igual... Ela desce os degraus de mármore que conduzem à banheira cheia de água. Senta-se.

— Soberana, missão cumprida. Praskóvia disse que será esta noite. Fez tudo como se deve.

A Soberana fica em silêncio. Bebe champanhe. Suspira. Tão forte que faz ondular a espuma na banheira.
— Esta noite? — repete. — A... de vocês?
— A nossa, Soberana.
— Então, para mim será no almoço... Está bem.
Suspira de novo. Termina de beber o seu champanhe. Servem-lhe outro cálice.
— O que a vidente pediu?
— Arenques do Báltico, sementes de samambaia e livros.
— Livros?
— Sim. Para a lareira.
— Aaah... — ela se lembra.
A dama de companhia principal entra sem bater:
— Soberana, as crianças estão aqui.
— Já? Traga-as.
A dama de companhia se retira e volta com Andriúcha e Agáfia, os gêmeos de dez anos de idade. Os gêmeos entram e correm para a mãe. A soberana sai da banheira, despida até a cintura, cobrindo os seios fartíssimos; as crianças a beijam nas bochechas:
— Bom dia, mãezinha!
Ela os abraça sem largar o cálice de champanhe:
— Bom dia, crianças. Hoje estou um pouco atrasada, pensei que tomaríamos o café da manhã juntos.
— Mamãe, nós já jantamos! — grita Andriúcha e bate na água com a mão.
— Então, está ótimo... — e retira a espuma do rosto.
— Mamãe, ganhei no *Guójiè*![46] Encontrei a *bǎojiàn*![47]

---

[46] *Guójiè* (*Fronteiras do Estado*), jogo chinês em 4D que se tornou popular na Nova Rússia após os célebres acontecimentos de novembro de 2027. (N. do A.)

[47] "Espada", em chinês. (N. do A.)

— *Hăoháizĭ*[48] — a Soberana beija a filha. — *Mingming.*[49]

O chinês da nossa Soberana é um tanto antiquado...

— Mas eu já ganhei no *Guójiè*, muito tempo atrás! — Andriúcha joga água na irmã.

— *Shă guā!*[50] — Agáfia joga água em resposta.

— Gachenka, Andriúcha... — a Soberana franze o cenho, arqueando as belas sobrancelhas negras, cobrindo os seios como antes e imergindo na banheira. — Onde está o papai?

— Papai está com os soldadinhos! — Andriúcha tira do coldre uma pistola de brinquedo e aponta para mim. — *Tiuuu!*

O raio vermelho da mira se fixa em minha testa. Sorrio.

— *Pu!* — Andriúcha aperta o gatilho e uma bolinha minúscula acerta a minha testa.

E quica.

Eu sorrio para o futuro herdeiro do Estado russo.

— Onde está o Soberano? — pergunta a Soberana ao preceptor, que está atrás da porta.

— No Departamento da Guerra, Soberana. Hoje é aniversário do corpo Andrêievski do exército.

— Bom. Então não há ninguém para tomar o café da manhã comigo... — a Soberana suspira, pegando mais um cálice de champanhe da bandeja de ouro. — Está bem, saiam todos...

As crianças, os criados e eu nos dirigimos à porta.

---

[48] "Inteligente", em chinês. (N. do A.)
[49] "Excelente", em chinês. (N. do A.)
[50] "Bobo", em chinês. (N. do A.)

— Komiága!
Eu me viro.
— Tome o café comigo.
— Às suas ordens, Soberana.

Estou aguardando a nossa Soberana na pequena sala de jantar. É uma honra inusitada poder compartilhar da refeição matinal da Soberana. À noite, ela com frequência faz sua refeição ou com o Soberano, ou com alguém do Círculo Interno — com a condessa Boríssova ou a princesa Vôlkova. Em companhia de seus inumeráveis "comensais", ela faz apenas o lanche da tarde. E isso já bem depois da meia-noite. Nossa Soberana janta sempre ao nascer do sol.

Estou sentado à mesa posta para o café da manhã, decorada com rosas brancas, louça dourada e serviço de cristal. Quatro criados estão postados junto à parede, vestindo caftans cor de esmeralda prateada.

Quarenta minutos se passam, mas a Soberana não aparece. Ela dedica muito tempo à toalete matinal. Permaneço sentado, pensando nela. Sua situação é bem difícil, por vários motivos. E não só apenas em razão de sua fraqueza feminina. Mas também por causa do sangue. Nossa soberana é metade judia. E não se pode fugir disso. Em parte, é por isso que escrevem tantas difamações sobre ela e propagam tantos mexericos e rumores por Moscou e por toda a Rússia.

Sempre tive uma relação muito tranquila com os judeus. Meu falecido pai nunca foi antissemita. Ele costumava dizer que qualquer um que tocasse violino por mais de dez anos se tornaria automaticamente judeu. Mamãe também, que descanse em paz, nunca teve o menor problema com os judeus, dizia que o perigo para o nosso Estado não eram os judeus, mas os meio judeus, que, por possuírem sangue russo, estão abaixo dos judeus. Quanto ao meu avô, que era matemático, quando eu era mocinho e não queria aprender alemão, ele declamava uns versos de sua própria autoria, que parodiavam um célebre poema do poeta soviético Maiakóvski:[51]

E ainda
    que eu fosse
        um judeu
de idade avançada,
        nicht zweifelnd und bitter,[52]
aprenderia
    a língua
        alemã
só pra falar como
    Hitler.

Mas nem todos eram judiófilos como os meus familiares. Houve protestos, e muito sangue judeu correu pela terra russa. Tudo isso se prolongou e se arrastou até o Decreto do Soberano "Sobre os nomes ortodoxos". De acordo com ele, todos os cidadãos russos que não foram batizados como ortodoxos não podem ter nomes ortodoxos, mas nomes correspondentes às suas nacionalidades. Assim, muitos Borís se tornaram Borukh; os Viktor, Agvidór; os Lev, Lêib. Dessa forma, nosso sábio Soberano resolveu de modo definitivo e irrevogável a questão judaica na Rússia. Ele arrebanhou sob sua asa todos os judeus sábios. E os tolos se dispersaram. E

---

[51] "E ainda/ que eu fosse/ um negro/ de idade avançada,/ sem ser triste nem leniente,/ aprenderia/ a língua/ russa/ só pra falar como/ Lênin." (N. do A.)

[52] "Sem tristeza nem pesar", em alemão. (N. do A.)

logo ficou provado que os judeus são extremamente úteis para o Estado russo. Eles são insubstituíveis em questões de tesouro e de comércio e na diplomacia. Mas com a Soberana é outra coisa. Não se trata aqui da questão judaica, mas da questão da pureza do sangue. Se a nossa Soberana fosse metade tártara ou tchetchena, o problema seria o mesmo. E não há o que fazer. E graças a Deus...

As duas portas brancas se abrem, a pequena galga Katierina entra correndo na sala de jantar, ela me fareja, late duas vezes, espirra ao seu modo e pula em sua poltrona. Eu então me levanto, olho para a porta escancarada, com criados plantados dos dois lados. Alguns passos pausados e seguros se aproximam e se intensificam e, ao farfalhar de um vestido azul de seda, surge a nossa Soberana no umbral da porta. É grande, corpulenta, garbosa. Segura um leque dobrado em sua bela mão. A cabeleira exuberante está bem-arrumada, presa com pentes de ouro com pedras preciosas iridescentes. No pescoço a Soberana leva uma gargantilha de veludo com um diamante Padishah guarnecido de safiras. Seu rosto soberbo está empoado, seus lábios sensuais, untados com batom, e os olhos profundos brilham sob os cílios negros.

— Sente-se — ela indica com o leque, sem fazer caso de mim, enquanto se acomoda em uma poltrona trazida por um criado.

Sento-me. Um criado traz uma concha do mar com pequenos pedaços de carne de pombo picada e a põe diante de Katierina. A cadelinha devora a carne enquanto a Soberana acaricia o seu dorso:

— Coma, meu docinho.

Os criados trazem um jarro dourado com vinho tinto e enchem a taça da Soberana. Ela pega a taça com sua mão enorme:

— O que vai beber comigo?

— O que a minha Soberana ordenar.

— Aos *oprítchniks* cai muito bem a vodca. Sirvam-lhe vodca!

Servem-me vodca em um copinho de cristal. Em silêncio, os criados põem os petiscos à mesa: caviar de beluga, caudas de lagosta, cogumelos chineses, talharim japonês de trigo-sarraceno no gelo, arroz cozido, legumes refogados com especiarias.

Ergo o meu copinho e me levanto, profundamente emocionado:

— À vossa saúde, So... sobe... rana...

Mal consigo falar, de tanta emoção: é a primeira vez na vida que me sento à mesa da Soberana.

— Sente-se — ela abana o leque e bebe um gole de sua taça.

Bebo o meu de um só trago e sento-me. E fico sentado, imóvel como uma estátua. Não esperava essa timidez de minha parte. Sou menos tímido diante do Soberano do que diante da Soberana. E nem sou o mais tímido dos *oprítchniks*...

Sem prestar atenção a mim, a Soberana saboreia seus petiscos sem pressa:

— Quais as novas na capital?

Encolho os ombros:

— De especial... nada, Soberana.

— E de não especial?

Seus olhos negros se fixam em mim — é impossível se esquivar deles.

— De não especial... também nada. Bem, enforcamos um fidalgo.

— Kunítsin? Eu sei, eu vi.

Quer dizer que logo que a nossa Soberana acorda, imediatamente lhe trazem a bolha de notícias. E como poderia ser de outro modo? É um assunto de Estado...

— E o que mais? — ela pergunta, enquanto passa caviar em uma torradinha.

— Bem... de modo geral... Quer dizer.... — balbucio.
Ela me olha fixamente.
— E como foi que tomaram uma rasteira dessas do Artamócha?
Veja só. Ela também sabe disso. Respiro fundo:
— Soberana, a culpa foi minha.
Ela me olha atentamente:
— Fez bem em dizer. Se tivesse jogado a culpa nos "bravos jovens", ordenaria que o açoitassem agora. E aqui mesmo.
— Peço perdão, Soberana. Fiquei retido com algumas tarefas, não cheguei a tempo, não pude evitar.
— Acontece — mordisca a torradinha com caviar e bebe o vinho. — Coma.
Graças a Deus. Na minha situação é melhor comer do que ficar calado. Pego uma cauda de lagosta e levo-a à boca, acompanhada de um pãozinho de centeio. A Soberana mastiga, bebendo o seu vinho. E de repente começa a rir nervosamente, deixa de lado o cálice e para de mastigar. Eu congelo.
Seus olhos estão fixos em mim:
— Diga, Komiága, por que eles me odeiam tanto?
Encho os pulmões de ar. E... expiro. Nada respondo. Mas o olhar dela me atravessa:
— Está bem, gosto de jovens soldados da guarda. E daí?
Seus olhos negros se enchem de lágrimas. Ela os seca com um lenço.
Encho-me de coragem:
— Soberana, são um bando de renegados raivosos.
Ela me lança um olhar como uma tigresa faria a um rato. Me arrependo de ter aberto a boca.
— Não são um bando de renegados raivosos, idiota. É o nosso povo selvagem!
Compreendo. Nosso povo não é flor que se cheire. É di-

fícil lidar com ele. Mas Deus não nos deu outro. Fico calado. E a Soberana, tendo esquecido a sua refeição, aperta contra seus lábios a extremidade do leque:

— Eles são invejosos porque são servis. Só sabem abaixar a cabeça. E a verdade é que não gostam nada dos poderosos como nós. E nunca vão gostar. Se tiverem a chance, nos cortam em pedaços.

Encho-me de coragem:

— Soberana, peço que não se aborreça. Vamos torcer o pescoço desse Artamócha. Vamos esmagá-lo como um piolho.

— Mas o que Artamócha tem a ver com isso?! — bate forte com o leque na mesa e se levanta bruscamente.

Ergo-me de um salto.

— Sente-se! — ordena com um gesto.

Sento-me. A cadelinha rosna para mim. A Soberana anda de um lado a outro da sala e seu vestido farfalha de modo ameaçador.

— Artamócha! A questão não é ele...

Ela vai e vem, murmura alguma coisa para si. Para e joga o leque sobre a mesa:

— Artamócha! São as mulheres dos fidalgos que me invejam, que inflamam os *iuródivis*, e eles, por sua vez, incitam o povo. Ventos de subversão sopram das esposas dos fidalgos para o povo, por meio dos *iuródivis*. Nikola Volokolámski, Andriúkha Zagoriánski, Afônia Ostankínski... O que inventam sobre mim, hein? E então?!

— Esses cachorros fedorentos, Soberana, vão às igrejas espalhar rumores infames... Mas o Soberano nos proibiu de tocar neles... Senão, há tempos já teríamos...

— Estou perguntando: o que eles dizem?!

— Bem... Dizem que à noite a senhora unta o seu corpo com um unguento chinês e que depois disso se transforma em cadela...

— E corro atrás dos cães machos, não é isso?
— É isso, Soberana.
— Mas o que Artamócha tem a ver com isso? Está simplesmente repetindo os rumores! Artamócha!

Ela caminha e resmunga irritada. Seus olhos faíscam. Pega a taça e bebe um gole. Suspira:

— Pois... Você me tirou o apetite. Está bem, dê o fora...

Levanto-me, faço uma reverência e recuo.

— Espere... — fica pensativa. — O que disse que Praskóvia queria?

— Arenques do Báltico, sementes de samambaia e livros.

— Livros. Então venha comigo. Senão, vou me esquecer...

A Soberana deixa a sala de jantar, as portas se abrem de par em par diante dela. Sigo-a apressadamente. Entramos na biblioteca. O bibliotecário, um quatro-olhos musguento, se levanta de um golpe e logo se inclina:

— O que deseja, minha Soberana?
— Acompanhe-me, Teriócha.

O bibliotecário caminha saltitante atrás dela. A Soberana se aproxima das estantes. Há muitas. E um montão de livros. Sei que a nossa Soberana gosta de ler em papel impresso. E não apenas *Os pugs funestos*. Ela é letrada.

Ela para e olha as estantes:

— Olha aqui, este é bom e vai queimar por longo tempo.

Faz um sinal ao bibliotecário. Ele retira da estante as *Obras completas* de Anton Tchekhov.

— Envie este a Praskóvia — a Soberana diz ao bibliotecário.

— Às suas ordens — ele assente, pondo os livros de lado.

— É tudo! — nossa mãe dá meia-volta e sai do depósito de livros.

Apresso-me atrás dela. Ela entra em seus aposentos. As portas douradas se abrem, soam pandeiros e balalaicas invisíveis, vozes jovens entoam:

Um golpe nas costas, me dás, oiá!
Um grosso bastão lá atrás!
É formidável teu bastão!
Mas estas costas são de lã!

A Soberana é recebida por sua corja de comensais parasitas. Eles urram de alegria, cricrilam, saúdam. São muitos. E variados: há bufões, monjas escolásticas, cantores mendicantes, contadores de histórias, brincalhões, aleijões mutilados pela ciência, adivinhos, massagistas, virgens eternas, homenzinhos elétricos.

— Bom dia, mamãe! — uivam os comensais em uníssono.

— Bom dia, queridinhos! — a Soberana lhes sorri.

Dois velhos bufões correm em sua direção: Pávluchka--ouriço e Duga-silvano. Eles a tomam nos braços e beijam seus dedos. O rechonchudo Pávluchka balbucia o de sempre:

— *So-be-la-ni-a! So-be-la-ni-a!*
O cabeludo Duga grasna:
— *Eu-lá-si-a! Eu-lá-si-a!*

Os demais se põem a saltitar e, como de costume, cantam e dançam em volta da Soberana. E logo vejo que seu rosto fica mais sereno, suas sobrancelhas se tranquilizam, os olhos se apaziguam:

— E então, meus queridos, como passaram sem mim?
Um coro lamuriante responde:
— Mal, mãezinha! Ma-al!
Os comensais se ajoelham diante da mãezinha.
Recuo em direção à porta. Ela nota:
— Komiága!

Detenho-me. Ela chama com o dedo o tesoureiro, tira do porta-moeda uma peça de ouro e a lança para mim:
— Pelo seu trabalho.
Eu a pego, faço uma saudação e saio.

É noite. A neve cai. Meu puro-sangue roda por Moscou. Seguro o volante e aperto a moeda de ouro na mão. Ela queima a palma da minha mão como brasa. Não é um pagamento, mas um *presente*. Não é muito dinheiro, apenas uma moedinha de ouro, mas para mim vale mais do que mil rublos... Nossa Soberana sempre provoca em minha alma uma tempestade de sentimentos. Difícil explicar. Como se colidissem duas ondas de tsunami, como se se chocassem: uma onda é o ódio, a outra, o amor. Odeio a nossa mãe porque ela desonra o Soberano, solapa a fé do povo no Poder. E a amo pelo seu caráter, pela sua força e integridade, pela sua impassividade. E também pelos seus... brancos, ternos, incomparáveis, imensos e fartos seios, que, às vezes, consigo espiar com o rabo do olho, graças a Deus. Essas repentinas olhadelas vespertinas são incomparáveis. Olhar furtivamente os seios de nossa Soberana... é algo arrebatador, meu bom Deus! Pena que a nossa Soberana prefere os oficiais da guarda aos *oprítchniks*. E é pouco provável que essa preferência venha a mudar. Enfim, Deus a julgará por isso.

Olho o relógio: 21:42.

Nesta segunda-feira, a refeição dos *oprítchniks* começa às 21:00. Estou atrasado. Bem, não há problema algum. Temos as nossas refeições coletivas somente às segundas e quintas à noite, na mansão do Pai. Fica em Iakimanka, naquele mesmo palacete do comerciante Igúmnov, onde o embaixador da França se aboletou por quase um século. Depois dos célebres eventos do verão de 2021, quando o Soberano destruiu publicamente as credenciais diplomáticas do embaixador francês e o plenipotenciário foi expulso da Rússia por incitação à desordem nas ruas, o palacete foi ocupado pela *Oprítchnina*. Agora não são mais perninhas finas de franceses que saltitam por lá, mas o nosso querido Pai que anda de um lado para outro com suas botas de couro marroquino. Todas as segundas e quintas-feiras ele organiza um jantar para nós. É uma casa bela e requintada, que evoca a Velha Rússia. É como se ela tivesse sido construída especialmente para o nosso Pai. Como se ela esperasse que o nosso querido Pai viesse nela se instalar. E o momento chegou, graças a Deus.

Chego ao palacete. Ao redor, tudo é vermelho-vermelho, da cor dos nossos puros-sangues. Eles rodeiam o palacete, como joaninhas ao redor de um pedaço de açúcar. Estaciono, saio do carro e me dirijo ao pórtico de pedra esculpida. Os severos porteiros do Pai me deixam passar sem dizer nada. Entro e deixo o caftan com os criados. Subo correndo as escadas até as grandes portas. Ao lado delas há dois lacaios vestindo caftans claros. Eles se inclinam e abrem as portas diante de mim, e de repente — o alarido! A sala de jantar está zumbindo qual colmeia! Esse barulho acaba com qualquer cansaço.

A grande sala está cheia como sempre. Toda a *Oprítchnina* de Moscou está aqui. Os lustres cintilam, as velas ardem sobre as mesas, os topetes brilham como ouro e os sininhos das orelhas balançam. É fantástico! Entro, fazendo uma reverência até o chão, como deve fazer um retardatário. Dirijo-me ao meu lugar, bem perto do Pai. As longas mesas da sala estão dispostas de modo que todos possam olhar para a mesa onde está sentado o Pai e as duas alas, a direita e a esquerda. Instalo-me em meu lugar, o quarto à direita do Pai, entre Chelet e Pravda. O Pai pisca para mim enquanto abocanha uma empada. Aqui o atraso não é pecado algum: todos possuímos muitas tarefas e acontece de ficarmos retidos até mesmo depois da meia-noite. Um criado me traz uma vasilha com água, lavo as mãos e as enxugo com uma toalha. E logo chega o momento da mudança de prato. Os criados trazem perus assados. E sobre as mesas há apenas pão e repolho em salmoura. O Pai não gosta de refeições requintadas nos dias úteis. Para beber, há vinho Cahors em jarras, *kvas* e água mineral. Nos dias úteis a vodca não é permitida aqui. Pravda me serve o Cahors:

— E então, irmão Komiága, muito cansado?

— Muito, irmão Pravda.

Faço um brinde com Pravda e Chelet e esvazio a taça de uma só vez. E me lembro de repente de que há muito tempo não consigo comer com calma: na mesa da Soberana, como sempre, a comida entalou na garganta, por causa da emoção. Quando se tem fome, até pedra se come, não se pode querer torta de esturjão... Em tempo, ah, bem em tempo o criado põe ao meu lado um prato de peru com batatas e nabo ao forno. Agarro uma coxa do peru e cravo os dentes: está muito boa, foi assada ao ponto no forno do Pai. Chelet corta uma asa e estala a língua:

— Em nenhum lugar se come tão bem como na casa do Pai!

— É a mais santa verdade! — arrota Pravda.

— O que é justo é justo — balbucio, devorando a suculenta carne do peru. — Nosso pai nos alimenta, nos aquece, nos permite ganhar a vida e nos torna mais inteligentes.

Olho para o Pai com o rabo dos olhos, e ele, nosso bem-amado, como se sentisse nossa aprovação, rapidamente nos dá uma piscadela e mastiga sem pressa, como sempre. Atrás dele, do nosso bem-amado, estamos todos como que atrás de um muro de pedra. E graças a Deus.

Mastigo, mas sempre lançando um olhar à mesa do Pai. Nas extremidades, lá onde terminam as alas da *Oprítchnina*, ficam sentados os convidados importantes, como é de costume. E hoje também: à direita estão o metropolita de Kolomna, de ombros largos, acompanhado do diácono de Ielokhov, de barba grisalha; o gigantesco presidente da Sociedade Pan-Russa de Observância dos Direitos do Homem, com a insígnia SAM;[53] o sorridente padre Hermógenes, confessor da Soberana; um burocrata jovial da Câmara do Comércio; o representante comercial da Ucrânia, Stefan Holoborodko; e um velho amigo do Pai, o empresário Mikhail Trofímovitch Porokhovtschikóv. À esquerda estão o irrevogável médico-chefe da *Oprítchnina*, Piotr Serguêievitch Vákhruchev, e seu eterno assistente Bao Tsai; o bem-apessoado e caolho *tíssiatchnik* do regimento do Krêmlin; o intérprete de canções folclóricas Tchurilo Volodiévitch; o sempre descontente Lossiúk, do Serviço Secreto; Jbánov, campeão russo de pugilato; o rechonchudo Zakhárov, presidente do Tribunal de Contas; o guarda-caça do Pai, Vássia Okhlobístin; o alto dignitário Gôvorov; e Anton Mamona, chefe dos banhos do Krêmlin.

O Pai ergue sua taça de vinho e se levanta. O alarido silencia. O pai proclama com voz retumbante:

— À saúde do nosso Soberano!

Todos se levantam com as taças nas mãos:

— À saúde do Soberano!

Esvaziamos as taças. O vinho Cahors não é champanhe, não se pode beber rapidamente. Degustamos. Soltamos grasnidos, enxugamos bigodes e barbas e nos sentamos de novo. E de repente, como um trovão no céu, uma moldura irisada ilumina o teto da sala e nela aparece um rosto estreito, infinitamente amado, com uma barba castanho-escura. O Soberano!

---

[53] Sociedade Arcanjo Miguel. (N. do A.)

— Agradeço a todos vocês da *Oprítchnina*! — sua voz ressoa na sala.
— Glória ao Soberano! — exclama o Pai.
Fazemos coro por três vezes.
— Glória! Glória! Glória!
— Eia! — responde o Soberano e sorri.
— Eia! Eia! Eia! — uma onda gigantesca percorre a sala.
Sentamos com os rostos voltados para ele. Nosso sol espera que nos acalmemos. Ele nos olha, caloroso e paternal.
— Como foi o dia?
— Palavra e Dever! Muito bom! Graças a Deus, Soberano!
Nosso Soberano faz uma pausa. Seus olhos transparentes nos examinam:
— Conheço vossa missão. Agradeço por vosso trabalho. Conto com vocês.
— Eia! — exclama o Pai.
— Eia! Eia! — repetimos.
Nossas vozes ressoam no teto. O Soberano nos olha do alto:
— Quero me aconselhar com vocês.
Imediatamente nos calamos. Nosso Soberano é assim: valoriza os conselhos. Eis sua grande sabedoria, sua grande humildade. É por isso que com ele nosso Estado prospera.
Esperamos com a respiração opressa.
Nosso sol protela. E pronuncia:
— A propósito das hipotecas.
A coisa é clara. Compreendemos. A hipoteca chinesa. É uma protelação antiga. Um nó complicado. Quantas vezes o Soberano tentou desatá-lo, mas seus próximos o impediram, retiveram sua mão. E não apenas os seus próximos, os de fora também. Sim, basicamente, os de fora...
— Há meia hora tive uma conversa com Zhou Shen

Ming. Meu amigo, o soberano do Império Celestial, está preocupado com a situação dos chineses na Sibéria Ocidental. Vocês sabem que, depois de meu decreto proibindo a hipotecação das comarcas àqueles distritos, a questão parecia resolvida. Mas durou pouco. Os chineses agora começaram a hipotecar não comarcas, mas povoações sem terras cultiváveis, as chamadas transações *tóukào*,[54] por meio de uma petição comercial, para que a polícia distrital tenha direito de os registrarem não como contribuintes, mas como trabalhadores informais. Eles se aproveitam da Lei dos Quatro Tributos, e os coletores locais, como vocês podem imaginar, deixam-se subornar e os registram não como contribuintes, mas como temporários. Mas os temporários são também trabalhadores informais, segundo o novo estatuto. Resulta que eles cultivam lotes, mas pagam apenas como informais, e suas esposas e filhos são listados nos lotes como dependentes, apenas por seis meses. Assim, durante esses seis meses o tributo é dividido em duas, e não em três partes. Consequentemente, a cada seis meses a China perde um terço do tributo. E as transações *tóukào* ajudam os chineses que vivem em nossa terra a enganar o Império Celestial. Levando em conta que há 28 milhões de chineses na Sibéria Ocidental, entendo perfeitamente a preocupação de meu amigo Zhou Shen Ming: em seis meses a China perde quase três milhões de *yuans*. Tive hoje uma conversa com Tsvetov e Silberman. Os dois ministros me aconselharam a revogar a Lei dos Quatro Tributos!

    O Soberano fica em silêncio. Vejam só isso! De novo a lei tributária é travada por um burocrata qualquer. Não quiseram dividir os lucros, os bandidos!

    — Quero perguntar à minha *Oprítchnina*: o que pensam vocês dessa questão?

---

[54] "Proteção", "patrocínio", em chinês. (N. do A.)

Um breve murmúrio percorre a sala. É obvio o que pensamos. Todos querem falar. Mas o Pai ergue a mão. Calamo-nos. Ele diz:

— Senhor, nossos corações tremem de cólera. Não foram os chineses que inventaram as transações *tóukào*. O senhor, Soberano, com sua alma bondosa, quer honrar a amizade com o Império Celestial, mas nossos inimigos dos distritos da Sibéria Ocidental tramam suas redes de perfídia. Essa coisa de transação *tóukào* foi inventada por um ministro "rosa" junto com um diplomata e um fiscal da Alfândega!

— Isso mesmo! É verdade! Palavra e Dever! — ouvem-se exclamações.

Netchái, um dos veteranos da *Oprítchnina*, bem versado nos assuntos dos diplomatas, ergue-se de um salto:

— Palavra e Dever, Soberano! Quando no ano passado limpamos o Departamento da Embaixada, o tabelião supremo Stokman confessou sob tortura que foi o próprio Tsvetov quem promoveu os Quatro Tributos na Duma e corrompeu os assessores! A questão é a seguinte, Soberano: por que esse cão estava tão interessado nos Quatro Tributos?!

Stiérna se levanta:

— Soberano, me parece que a Lei dos Quatro Tributos é justa. A única coisa que não está clara é: por que quatro? De onde vem esse número? E por que não seis? Por que não oito?

Zunidos entre os nossos:

— Você, Stiérna, fala qualquer coisa!

— Ele está certo, está certo!

— O problema não é quatro!

— Claro que é!

Levanta-se o velho e experiente Svirid:

— Soberano, o que poderia ser diferente se fosse outro o número na lei? Por exemplo, se a família chinesa pagasse oito tributos, em vez de quatro? O valor do imposto dobra-

ria? Não! E por que será, pode-se perguntar? Porque não permitiram o aumento, os burocratas! Eis a questão!
Zunidos:
— Isso mesmo! Svirid está certo! Os inimigos não estão na China, mas nos Departamentos!
Neste momento não me contenho:
— Soberano! A Lei dos Quatro Tributos é justa, apenas a torceram para o lado errado: a polícia distrital não precisa de petições de negócios, mas de hipotecas "negras"! É sob essa lei que eles se apoiam!
A ala direita aprova:
— É isso, Komiága! Não é uma questão de lei!
Mas a esquerda se opõe:
— A questão não são as hipotecas, mas a lei!
Búbien se levanta na ala esquerda:
— O chinês suportará até seis tributos! E a Rússia sairá lucrando com isso! É preciso, senhor, reescrever a lei em outros termos, aumentar o número, e então não conseguirão hipotecar nada, nunca mais vão endireitar as costas!
Rumores:
— Está certo!
— Está errado!
Ergue-se Potíka, jovem, mas astuto quando se trata de artimanhas:
— Soberano, veja como eu penso. Sejam seis ou oito tributos, o seguinte pode acontecer: as famílias dos chineses são grandes, eles vão começar a se dividir e a se fragmentar e vão se inscrever em grupos de dois ou três para diminuir os impostos. E depois se lançarão às hipotecas não como informais, mas como dependentes. Então, de acordo com a lei, poderão nos pagar os tributos pela metade. E os nossos vão pegar duas partes, e com a terceira irão construir casas e vender aos próprios chineses. Assim, como resultado, eles vão se instalar ali para sempre. E aí esse tal chinês se casará com

uma das nossas — e não haverá mais nenhum tributo chinês! Será cidadão da Rússia!

Rumores e zunidos. Bravo Potíka! Foi à raiz do problema. Não é à toa que antes de entrar na *Oprítchnina* ele trabalhou na Alfândega no Extremo Oriente. O Pai, de tanta satisfação, deu um murro na mesa.

O Soberano está em silêncio. Ele nos olha do teto com seus olhos atentos cinza-azulados. Acalmamo-nos. Outra vez o silêncio reina na sala.

O Soberano proclama:

— Bem, escutei vossas opiniões. Agradeço-vos. Estou contente em ver que a minha *Oprítchnina*, como sempre, tem uma mente penetrante. Amanhã tomarei a decisão sobre a lei dos tributos. E hoje vou tomar outra decisão: limpar os conselhos distritais de lá.

Um rugido de entusiasmo. Graças a Deus! Esperem para ver, ladrões da Sibéria Ocidental!

Levantamo-nos, puxamos os punhais da bainha e os erguemos para o alto:

— Eia! Limpeza!

— Eia! Limpeza!

— Eia! Limpeza!

Com ímpeto cravamos os punhais na mesa e aplaudimos de tal modo que os lustres estremecem:

— Eia! Vassouras varrei!

— Eia! Varrei até o fim!

— Eia! Vassouras varrei!

— Eia! Varrei bem limpinho!

Soa retumbante a voz do Pai:

— Varrei! Varrei!

Repetimos:

— Var-rei! Var-rei!

Batemos palmas até as mãos doerem.

O semblante do Soberano desaparece.

O dia de um oprítchnik

O Pai ergue sua taça:
— Glória ao Soberano! Eia!
— Eia! Eia!
Bebemos e sentamo-nos.
— Graças a Deus, teremos trabalho! — Chelet grunhe.
— Já era tempo! — guardo o punhal na bainha.
— Os vermes enxameiam nos conselhos distritais! — diz Pravda, indignado, e sacode seu topete dourado.
Um estrondo invade a sala.
Na mesa do Pai, a conversa se inflama. O obeso presidente da Sociedade dos Direitos do Homem ergue os braços rechonchudos:
— Meus senhores! Até quando a nossa Grande Rússia se dobrará e se curvará diante da China?! Assim como na Época dos Tumultos, quando nos curvávamos diante da América pagã, agora nos dobramos diante do Império Celestial! Vejam só, nosso Soberano se aflige com o devido pagamento de impostos chineses!
Tchurilo Volodiévitch faz eco:
— Tem razão, Anton Bogdánitch! Eles se aglomeram em nossa Sibéria e nós ainda temos que pensar em seus tributos!
O banheiro Mamona balança a cabeça calva:
— A bondade do nosso Soberano não tem limites.
O diácono acaricia a barba grisalha:
— Da bondade do nosso Soberano se alimentam os abutres nas fronteiras. Suas mandíbulas são insaciáveis.
O Pai crava os dentes em uma coxa de peru, mastiga e ergue essa mesma coxa para o alto:
— E de onde vocês acham que vem isso?
— De lá, Pai! — sorri Chelet.
— Isso mesmo, de lá — continua o Pai. — E não só a carne. O pão também é chinês.
— Andamos em puros-sangues chineses! — Pravda arreganha os dentes.

— Voamos em Boeings chineses — intervém Porokhovtschikóv.
— O Soberano caça patos com armas chinesas — assente o caçador.
— Fazemos crianças em leitos chineses! — exclama Potíka.
— Aliviamo-nos em vasos chineses! — acrescento eu.
Todos riem. E o Pai levanta o dedo indicador com sabedoria:
— É verdade! E enquanto estivermos nessa situação, devemos manter relações amigáveis e pacíficas com a China, e não confrontá-la e desafiá-la. Nosso Soberano é sábio, vai à raiz dos problemas. Mas você, Anton Bogdánitch, que parece ser um homem de Estado, raciocina de modo superficial!
— Estou preocupado com o nosso país! — o presidente gira a cabeça redonda de tal forma que a sua tripla papada balança como gelatina.
— Nosso Estado não vai desaparecer, não tenha medo. O essencial, como diz o Soberano, é que cada um trabalhe honradamente pelo bem da Pátria. Não é verdade?
— É verdade! — respondemos.
— E se é assim, pela Rus! Pela Rus!
— Pela Rússia! Eia! Pela Rússia! Pela Rússia!
Todos se levantam. As taças se chocam e tilintam. Mal terminamos e já surge um novo brinde. Grita Búbien:
— Pelo nosso Pai! Eia!
— Eia! Eia!
— Ao nosso bem-amado! Saúde, Pai! Sucesso contra os inimigos! Força! Olhos vigilantes!
Bebemos ao nosso timoneiro. O Pai está sentado, mastigando e tomando Cahors com *kvas*. Ele nos lança uma piscadela e de repente entrelaça os dois dedos mindinhos.
Um banhozinho!
Que maravilha, mãe de Deus! O coração palpita: quem

imaginaria? Não! O Pai mantém os mindinhos entrelaçados e nos dá mais uma piscadela. Os concernidos logo compreendem o sinal. Mas que novidade! Os banhos são só aos sábados, e não para todos... Meu coração dispara, olho para Chelet e Pravda: para eles isso também é novidade! Agitam-se, murmuram, coçam as barbas e retorcem os bigodes. O sardento Pôssokha pisca para mim, arreganha os dentes. Excelente! O cansaço se vai como num passe de mágica. Um banho! Olho o relógio: 23:12. Ainda há quarenta e oito minutos de espera. Não faz mal! Vamos esperar, Komiága. O tempo passa e o homem suporta. E graças a Deus.

O relógio na sala bate meia-noite. A refeição noturna da *Oprítchnina* termina. Todos se levantam. O Pai agradece a Deus em alto e bom som pelo alimento. Fazemos o sinal da cruz e nos curvamos em reverência. Nossos homens se dirigem para a saída. Mas não todos. Ficam os mais próximos, ou, como dizemos entre nós, os "mais *oprítchniks*". E eu estou entre eles. O coração dispara por antecipação. Como é doce, ah!, é tão doce esse palpitar! Na sala vazia, onde criados ágeis circulam num vai e vem, as duas alas permanecem e também os mais ágeis e distintos dos jovens *oprítchniks*: Okhlop, Potíka, Komol, Iólka, Ávila, Obdul, Variêni e Iglá. Todos rapazes ardorosos, rostos corados, topetes dourados.

O Pai passa da grande sala para uma menor. Nós o seguimos, a ala direita, a esquerda e os jovens. Os criados fecham as portas atrás de nós. O Pai se aproxima de uma lareira decorada com três *bogatires*[55] em bronze e puxa um deles: Iliá Múromiets com sua maça. Abre-se um vão na parede ao lado da lareira. O Pai é o primeiro a adentrar o vão, e nós o seguimos de acordo com nosso lugar na hierarquia. Nem bem entro e o cheiro do banho invade minhas narinas. Esse cheiro faz a cabeça girar, o sangue bate nas têmporas como martelinhos de prata: é a sala de banhos do Pai!

---

[55] No folclore russo, gigantes de força e bravura descomunais. Figuram nas *bylinas*, as canções medievais de temas épicos. (N. da T.)

Descemos no escuro pela escada de pedra, bem lá para baixo, bem para baixo mesmo. Cada passo é uma dádiva, uma expectativa de prazer. Só há uma coisa que não consigo entender: por que hoje o Pai decidiu organizar esse banho? É um milagre! Hoje já nos deliciamos com os peixinhos dourados, e agora ainda vamos tomar um banho a vapor.

Uma luz irrompe: o vestiário se abre. Somos recebidos pelos três banheiros do Pai: Ivan, Zufar e Tsao. Eles são maduros, experientes e de confiança. São diferentes entre si, tanto pelo caráter e o sangue como por suas habilidades. Apenas as deficiências os assemelham: Zufar e Tsao são mudos e Ivan é surdo. É uma sabedoria não apenas para o Pai, mas também para eles mesmos, pois dormem mais profundamente e vivem por mais tempo.

Sentamo-nos e tiramos as roupas. Os banheiros ajudam o Pai a se despir. Mas ele não perde tempo:

— A propósito do trabalho. O que fizeram?

A ala esquerda logo se põe à frente: Vôsk e Siêri conseguiram afinal tirar dos tesoureiros o subterrâneo de Kitái-gorod, e agora todas as obras estão sob nosso domínio; Netchái tem duas delações contra o príncipe Obolúiev; Búbien apresenta o dinheiro de um resgate; Baldokhái estreitou laços de modo *justo* com a comunidade russa de Amsterdã e trouxe de lá petições "negras"; Samossia solicita dinheiro para um prejuízo pessoal — acabou com o carro de um artilheiro. O Pai, sem uma palavra de reprovação, lhe dá quinhentas moedas-ouro.

Nossos homens da ala direita hoje não foram tão engenhosos: Môkri brigou com os comerciantes pelo restaurante Paraíso de Odintsóv, mas até agora não conseguiu nada; Pôssokha torturou baloeiros criminosos com a ajuda dos burocratas; Chelet esteve em uma reunião na Embaixada; Ierókha voou até Urengói para tratar do gás branco; Pravda vestiu capas de proteção e meteu fogo no apartamento de alguém

que caiu em desgraça. Eu fui o único a apresentar um pequeno lucro:
— Veja, Pai, Kozlôva pagou metade. Dois e meio.

O Pai pega a bolsa, sacode-a na mão, desata-a, conta dez peças de ouro e me entrega a parte que *legalmente* me cabe. Faz o balanço do dia:
— Saldo positivo.

Há também outros tipos de dia na *Oprítchnina*: festivos, ricos, quentes, dispendiosos, deficitários e azedos. Os jovens estão sentados, ouvindo e aprendendo.

O dinheiro e os papéis somem no quadrado branco resplandecente da parede de alvenaria antiga. Os banheiros abaixam as calças do Pai. Ele dá palmadinhas nos joelhos com as mãos:
— Tenho uma novidade para vocês, senhores *oprítchniks*: o conde Andrei Vladímorovitch Urússov está "nu".

Ficamos estupefatos. Baldokhái é o primeiro a abrir a boca.
— Como pode ser, Pai?
— É isso mesmo — o Pai coça as bolas pesadas e restauradas. — Por ordem do Soberano, foi destituído de todos os seus cargos e suas contas foram apreendidas. E isso não é tudo.

Nosso comandante nos examina com um olhar perscrutador:
— Anna Vassílievna, filha do Soberano, pediu o divórcio ao conde Urússov.

Vejam só! Uma novidade dessas! Na própria família do Soberano! Não me contenho:
— Filha da puta! Vá se foder!

Imediatamente o Pai me acerta um murro no maxilar:
— Despudorado!
— Perdão, Pai, foram artes do demônio, não pude me conter...

O dia de um oprítchnik

— Vá foder você a puta da sua mãe!
— Mas você sabe, Pai, que minha mãe está morta... — tento inspirar compaixão.
— Então vá fodê-la na tumba!
Fico calado, seco o lábio cortado com a camisa de baixo.
— Vou arrancar o espírito rebelde e maligno de vocês — ameaça-nos o Pai. — Quem sujar a boca com imundices não se manterá na *Oprítchnina*!
Ficamos calados.
— Bem, então é isto — ele continua. — A filha do Soberano pediu o divórcio. Acho que o patriarca da Igreja não vai permitir. Mas o metropolita de Moscou pode fazê-lo.
Pode. Compreendemos bem. Pode perfeitamente. Sem a menor cerimônia! E então Urússov estará completamente nu. *Nu em pelo*. O Soberano conduz a política interior com muita sabedoria, ah sim, muita sabedoria! Do ponto de vista familiar — que lhe importa essa pasquinada? Nunca se sabe o que os subversivos clandestinos podem escrever... Seja como for, trata-se de seu genro, esposo de sua filha querida. Mas se olharmos pela ótica do Estado, a decisão é formidável. Audaciosa! Não é por acaso que o nosso Soberano prefere entre todos os jogos o de xadrez. Ele calculou uma combinação de muitas jogadas, ergueu a mão e golpeou com toda a força os seus. Tirou o genro seboso do Círculo Interno. E imediatamente duplicou o amor do povo por ele, triplicou! Deixou perplexos os membros do círculo: não passem dos limites! Apertou os burocratas. É assim que deve agir um homem de Estado. E nós, da *Oprítchnina*, ele encorajou: não há intocáveis na Nova Rússia. Não há e não pode haver. E graças a Deus.
Ambas as alas estão sentadas, assentem com as cabeças, estalam as línguas:
— Urússov está nu. Custa acreditar!
— Essa é boa! Ele mandava e desmandava em Moscou!
— Gozava de favores do Soberano...

— Conduzia seus negócios, enrolava o povinho.
— Tinha três Rolls-Royce para andar.
Uma coisa é certa: Urússov tinha três Rolls-Royce, um dourado, um prateado e um platinado.
— E a partir de agora, como vai se locomover? — Ierókha pergunta.
— Numa cabra coxa elétrica! — responde Samossia.
Todos riem.
— E essa não é a única novidade. — O Pai se levanta, completamente nu.
Ouvimos atentos.
— Ele virá aqui. Aos banhos. Virá para se banhar e pedir proteção.
Os que estão de pé voltam a se sentar. É o cúmulo! Urússov virá ao Pai? Por outro lado, se pensarmos bem — onde ele poderia se meter, nu dessa maneira? O Soberano o expulsou do Krêmlin, e os homens de negócios se afastarão dele, assim como os burocratas. Os patriarcas não irão ampará-lo em razão de sua luxúria. Buturlín? — não se suportam um ao outro. A Soberana? — sua enteada a despreza por causa de sua "libertinagem", e ela odeia a enteada e o marido, mesmo que agora seja seu *ex*, e por isso mesmo o odeia ainda mais. O caminho à China está fechado para o conde: Zhou Shen Ming é amigo do Soberano, jamais ficará contra ele. O que o conde pode fazer? Esconder-se em sua herdade e esperar que o alcancemos com nossas vassouras? Foi por isso que ele resolveu, em desespero de causa, curvar-se diante do Pai. Bem pensado! Para quem já está nu, o único caminho é o dos banhos.
— Vejam o pepino que temos para descascar — pondera o Pai. — Agora, o nosso banho!
O Pai é o primeiro a entrar na sala de banhos. E nós, nus como o Adão primordial, o seguimos. A sala de banhos do Pai é luxuosa: teto abobadado suportado por colunas, chão de mármore com mosaicos, uma fonte espaçosa e espre-

guiçadeiras confortáveis. Da sala de vapor chega um odor de pão — o Pai aprecia banhar-se em vapor de *kvas*.

E logo ele ordena:

— Ala direita!

O Pai é um comandante onipotente em sua sala de banhos. Vamos direto para o banho a vapor. Ivan, usando luvas e um gorro de feltro, já nos espera ali com dois feixes de ramos de bétulas e de carvalho. E tem início o carrossel: acomodamo-nos nas espreguiçadeiras, o surdo Ivan atiça o vapor de *kvas*, solta grasnidos e, de modo estranho, com brincadeiras e gracejos sonoros, começa a açoitar os *oprítchniks* com os feixes.

Fico deitado, com os olhos fechados. Aguardo a parte que me cabe, aspirando o vapor. E ela chega: *paft, paft, paft* — nas costas, na bunda e nas pernas. Ivan é extremamente experiente em matéria de banho, não fica tranquilo enquanto o vapor não sai a contento. Mas aqui, na sala de banhos do Pai, não podemos nos demorar muito, pois outros prazeres nos esperam. Só de antecipá-los o meu coração congela, mesmo no calor do vapor.

E Ivan sabe fazer vapor, ele murmura:

> Ai ai, tchutchu, ai ai!
> Vou batendo a vassourinha
> No rabo da *Oprítchnina*
> Pra Zoropa aporrinhar!

> Vai ficando branco o rabo
> Vai causar bastante estrago
> Vou untando ele de lardo
> Pra Zoropa eles mostrar!

Trata-se de um velho gracejo de Ivan, que, aliás, já não é tão jovem: hoje em dia não há ninguém na Europa a quem

eu possa mostrar a minha bunda russa. Não restou uma pessoa decente do outro lado da Muralha Ocidental. A Europa, filha de Agenor, esticou as canelas, e pelos seus escombros rastejam *cyberpunks* árabes. E para eles dá tudo na mesma: bunda, Europa, o que for...
    O feixe de carvalho farfalha e murmureja na minha nuca, o feixe de bétula faz cócegas nos calcanhares:
    — Pronto!
    Escorrego da espreguiçadeira e caio nas mãos tenazes de Zufar: agora é sua vez. Ele me agarra e me lança sobre as costas como se eu fosse um saco, então me carrega para fora do vapor. E me atira dentro da fonte. Ah, que delícia! Na casa do Pai tudo é bem regulado, tanto o vapor escaldante como a água gelada. Ela me penetra até os ossos. Nado para recobrar as forças. Mas Zufar não me dá descanso, ele me puxa para cima, sobe nas minhas costas e seus pés começam a deslizar sobre elas. As vértebras estalam. Os pés do tártaro caminham sobre as minhas costas russas. Ele sabe como fazê-lo, não machuca, não danifica, não esmaga... Nosso Soberano soube unir sob sua asa poderosa todos os povos da Rússia: tártaros, mordovianos, basquires, judeus, tchetchenos, inguches, maris, evenques, iacutes, carélios, coriaques, ossetas, tchuvaches, calmuques, buriates, udmurtos, os ingênuos tchuktchis e muitos e muitos outros...
    Zufar verte água sobre mim e me passa para Tsao. Logo me vejo reclinado no lavatório e fico olhando o teto coberto de pinturas enquanto o chinês me lava. Suas mãos ligeiras e macias deslizam pelo meu corpo, friccionam minha cabeça com uma espuma perfumada, vertem óleos aromáticos na minha barriga, remexem os dedos dos meus pés, massageiam minhas panturrilhas. Ninguém lava tão bem como um chinês. Eles sabem como tratar o corpo humano. No teto há uma representação do Éden, com pássaros e animais que escutam atentos a voz de Deus. O homem ainda não habita o jardim

— ainda não foi criado. É muito agradável contemplar o paraíso enquanto nos lavam. Na alma desperta alguma coisa há muito esquecida e recoberta pelo sebo do tempo...

De uma selha de tília, Tsao derrama uma água fresquinha que me ajuda a me reerguer. Ânimo e disposição me envolvem depois da lavagem do chinês. Dirijo-me à sala principal. Ali, pouco a pouco, todos se reúnem depois de passar pela cadeia russo-tártaro-chinesa. Os corpos limpos e rosados deixam-se cair nas espreguiçadeiras, bebericam bebidas sem álcool e trocam algumas palavras. Chelet e Samossia já tomaram seu banho a vapor, Môkri está todo molhado e Vôsk desaba entre grasnidos na espreguiçadeira, Ierókha suspira agradecido, e Tchápij e Búbni tragam o *kvas* com voracidade enquanto voltam a si. Tem grande força a fraternidade dos banhos a vapor. Aqui todos se tornam iguais, os da direita e os da esquerda, os velhos e os jovens. Os topetes dourados estão molhados e despenteados. As línguas, soltas e desatadas:

— Samossia, como conseguiu pegar aquele coronel?

— Encurralei-o numa curva com a Ostójenka. O tal artilheiro se amedrontou, não saiu da cabine. Depois seus homens chegaram com um "quadrado" e uma "mão", o guarda "deu pra trás", não passei por bom, mas tampouco quis me meter em brigas com os imbecis...

— Irmãos, abriu uma nova taberna na Marossiêika, chama-se Margens Doces. Bem cara. Há doze variedades de geleias, vodca com broto de tília, lebre com talharim, mocinhas cantando...

— Na Quaresma o Soberano vai presentear os desportistas: para os halterofilistas, um puro-sangue a hidrogênio; para os jogadores de *gorodkí*,[56] motocicletas de rabo gordo; e às arqueiras, casacos de peles de vivíparos...

---

[56] Jogo tradicional na Rússia desde ao menos o século XVIII. Con-

— Para resumir, os canalhas se enclausuraram, mas o Pai proibiu o uso de qualquer arma, já que a tal casa não tinha caído em desgraça. Gás e raios também foram proibidos. Pois tivemos que atuar à moda antiga, do apartamento de baixo. Digam o que quiserem, os inimigos estão sempre logo acima. Nós pedimos o apartamento de modo oficial e eles saíram com malas e ícones, daí nós ateamos fogo, fizemos buracos, esfumaçamos os de cima. Achamos que iam abrir, mas pularam pela janela. O mais velho caiu direto na cerca, espetou o fígado, o mais novo quebrou a perna, mas sobreviveu e depois deu testemunho...

— Foi Avdótia Petróvna em pessoa, com sua bunda imensa, quem espatifou o vaso sanitário, juro por Deus...

— Ierókha, ei Ierókha!

— O que quer?

— Cadê minha torta...

— É um idiota! Segure os seus ovos, que estão rolando pelo chão!

— Búbien, é verdade que agora os lucros "cinza" da Câmara do Comércio estão nas mãos dos coletores?

— Nada disso. Pelos coletores só passam as majorações, mas, como antes, são os escriturários "cobertos" que administram os "cinza".

— Esses inimigos! Não há um atiçador sequer que consiga desentocá-los...

— Espere até o outono, irmão Okhlop. Vamos arrancar todos de lá.

siste em arremessar um bastão maior e com isso derrubar uma estrutura de bastões menores, arranjados de diferentes maneiras. Nas primeiras décadas da União Soviética houve uma tentativa de promovê-lo de brincadeira de rua a esporte nacional. (N. da T.)

— "Outono... Quei-mam na-vios..."[57] E você, meu jovem, onde se tatuou?

— No Nabucodonosor.

— Está bonito. Principalmente aí embaixo, os dragões... Eu queria tatuar uma manada de cavalos selvagens ao redor do meu mastro, mas o tatuador foi contra: disse que ia destruir o equilíbrio da composição.

— É verdade, meu amigo. Seu mastro é bem peludo. Se fizer isso vai ficar um buraco estapafúrdio. Aí nesse buraco só tem dois focinhos que cairiam bem: o de Tsvetov e o de Silberman!

— Ha! Ha! Ha! Essa é boa!

— O novo Kozlov atira melhor que a Double Eagle: consegue atravessar dois tijolos, o outro só atravessava um e meio. Em compensação, o coice é mais pesado.

— Então está bem, fortaleça a mão direita.

— Deixa eu tomar um golinho de *kvas*, irmão Môkri.

— Pelo amor de Cristo, irmão Potíka, beba.

— Não cansam de falar em propina, propina... Desde quando me interessam essas propinas? É dar murro em ponta de faca...

— Ókha-mókha, não gosta de mim o irmão Ierókha!

— Olha que lhe dou um murro, desordeiro!

— Ouviram o porquê de o Soberano ter fechado o Terceiro Gasoduto? Os merdinhas europeus de novo deixaram de abastecer a corte com Château Lafite: não fornecem nem meio vagão por ano!

— Mas quem precisa de vinho hoje em dia? Os *cyberpunks* só bebem leite fermentado!

Como sempre, o Pai é o último a tomar o banho a vapor. Os banheiros passam seu corpo bem fornido de mão em

---

[57] Refrão da música "Tchto takoe ôssien" (1992), da banda de rock DDT. (N. da T.)

mão e o conduzem até nós. Apanhamos o nosso querido Pai:
— Pai, que tenha um banho doce!
— Que lhe acaricie os ossos!
— Muita saúde!
— Que faça bem à coluna!
— Que lhe ferva o sangue!
O corpo do Pai ferve:
— Ah! Minha Santíssima... Um *kvas*!
Estendemos os cálices de prata ao benquisto:
— Beba, amado!
O Pai passa os olhos atordoados sobre nós e escolhe:
— Vôsk!
Vôsk lhe estende o cálice. Hoje, é óbvio, os favorecidos são os da esquerda. E merecidamente. Trabalharam.
O Pai esvazia o cálice de *kvas* de mel, recobra o ânimo, arrota. Lança-nos um olhar. Ficamos imobilizados. Ele espera um tempo e, depois de uma piscadela, pronuncia as palavras que tanto estamos esperando:
— *Pst-pst-pst!*
A luz se apaga e uma mão brilhante se destaca da parede de mármore com um punhado de pílulas. E como fiéis na comunhão, nos dirigimos a ela em uma fila obediente. Cada um se aproxima, pega a sua pílula, coloca-a sob a língua e se afasta. Chega a minha vez. Pego a pílula, de aspecto absolutamente comum. Ponho-o na boca — os dedos já tremem, fraquejam os joelhos, o coração bate inquieto como um martelo e o sangue invade as veias como os *oprítchniks* nos domínios de um fidalgo.
Minha língua tremulante cobre a pílula como uma nuvem que envolve um templo no cume de uma colina. A pílula derrete, derrete docemente sob a língua, entre a saliva que jorra sobre ela como o rio Jordão transbordando na primavera. O coração bate, a respiração fica entrecortada, as pon-

tas dos dedos gelam, os olhos veem com mais nitidez na penumbra. E chega enfim aquilo que tanto esperamos: o fluxo de sangue no falo. Baixo os olhos. Vejo o meu falo inchando com o sangue. Ele se ergue restaurado — dois implantes de cartilagem, a pontinha de hiperfilamento, relevos nas bolas —, como uma onda de carne com uma tatuagem movediça. Ele se levanta como a tromba de um mamute siberiano. E por debaixo do falo valente, as bolas pesadas se aquecem com um fogo púrpuro. E não apenas as minhas. Todos os que comungaram com a mão luminosa têm suas bolas aquecidas, como vaga-lumes nas noites de Ivan Kupala.[58] Acendem-se as bolas da *Oprítchnina*. E cada um tem sua própria luz. A luz da ala direita vai do escarlate ao purpúreo, a da esquerda, do azul ao violeta, e nos novatos surgem luzinhas verdes, em todos os seus matizes. Mas só as bolas do nosso Pai resplandecem com um fulgor especial, diferente de todos os nossos — as bolas do nosso querido Pai ficam amarelo-ouro. Eis a suprema força da irmandade da *Oprítchnina*. Todos da *Oprítchnina* tiveram suas bolas restauradas por hábeis médicos chineses. E delas, ávidas de amor viril, a luz emana. Ganham força dos falos que se elevam. E enquanto essa luz não se extinguir, nós, os *oprítchniks*, estaremos vivos.

    Enlaçamo-nos em abraços fraternos. Braços fortes abraçando corpos fortes. Beijamo-nos uns aos outros na boca. Em silêncio, beijamo-nos como homens, sem a ternura feminina. E ao beijarmos, inflamamos e saudamos uns aos outros. Os banheiros passam entre nós com potes de argila cheios de unguentos chineses. Apanhamos essa massa espessa e aromática e com ela untamos os nossos falos. Os banheiros silenciosos se movimentam como sombras, pois neles nada está iluminado.

---

[58] Festa relacionada ao solstício de verão em boa parte dos países eslavos. No cristianismo, corresponde ao Dia de São João. (N. da T.)

— Eia! — exclama o Pai.
— Eia! Eia! — exclamamos.
O Pai é o *primeiro* a se levantar. Ele traz Vôsk para perto de si. Vôsk introduz seu falo no buraco do Pai. O Pai geme de prazer, arreganha os dentes brancos na escuridão. Chelet abraça Vôsk e introduz nele o seu chifre besuntado. Vôsk solta um urro que vem das entranhas. Siêri penetra Chelet; Samossia penetra Siêri; Baldokhái, Samossia; Môkri, Baldokhái; Netchái, Môkri; e então chega a vez de eu cravar a minha estaca viscosa em Netchái. Enlaço o irmão da ala esquerda com meu braço esquerdo, e com a mão direita ajusto o meu falo no buraco dele. Netchái tem o buraco largo. Enterro o meu falo até as bolas púrpura. Netchái nem geme: está acostumado, é um dos mais antigos *oprítchniks*. Abraço-o com mais força ainda, estreito-o contra mim, faço-lhe cócegas com a barba. E Búbien já está postado junto a mim. Sinto sua clava vibrante em meu buraco. É maciça, não entrará sem um empurrão. Búbien enfia e empurra dentro de mim o seu falo cabeçudo. Seu colosso adentra até o fundo das minhas entranhas, arrancando-me um gemido que vem das vísceras. Gemo no ouvido de Netchái. Búbien geme no meu, enlaçando-me com seus braços juvenis. Não vejo quem o penetra, mas pelo gemido imagino tratar-se de um falo considerável. Bem, para dizer a verdade, não há entre nós nenhum que não seja considerável — os chineses restauraram todos os nossos falos, os reforçaram, os reestruturaram. Temos com que deliciar uns aos outros e punir os inimigos da Rússia. Junta-se, acopla-se a "lagarta" da *Oprítchnina*. Atrás de mim, urram e gemem. De acordo com a lei da fraternidade, a ala esquerda se reveza com a direita, e só depois os jovens se incorporam. Assim foi estabelecido pelo Pai. E graças a Deus...

Pelos gritos e gemidos, sinto que chegou a vez dos jovens. O Pai os encoraja:

— Coragem, fedelhos!

E os jovens se esforçam, precipitam-se sobre os buracos apertados dos colegas. As sombras dos banheiros os ajudam, guiam, dão apoio. Eis que o penúltimo jovem solta um grito, o último geme, e a lagarta está pronta. Formada. Ficamos imóveis.

— Eia! — grita o Pai.

— Eia! Eia! — ecoamos em coro.

O Pai dá um passo. E atrás dele, atrás da cabeça da lagarta, todos avançamos. O Pai nos conduz à fonte. Ela é ampla e espaçosa. A água gelada foi substituída por água quente.

— Eia! Eia! — gritamos abraçados, movendo os pés.

Seguimos o Pai. Avançamos. Avançamos. Avançamos a passos de lagarta. Nossas bolas brilham, os falos estremecem nos buracos.

— Eia! Eia!

Entramos na fonte. A água em ebulição envolve nossos corpos com bolhas de ar. O Pai submerge até as bolas, depois até a cintura e até o peito. Toda a lagarta da *Oprítchnina* entra na fonte. E fica imóvel.

Agora é o momento do silêncio. Os braços musculosos ficam tensos, as narinas dos jovens resfolegam, os *oprítchniks* gemem. É chegada a hora do trabalho mais doce. Amontoamo-nos. A água se agita ao nosso redor, formam-se ondas, que transbordam da fonte. E chega o momento que tanto tempo esperamos: um tremor percorre toda a lagarta.

E então:

— Eia-a-a-a-a-a-a!!!

O teto abobadado vibra. E na fonte há uma tormenta de intensidade nove.

— Eia-a-a-a-a!!!

Vocifero no ouvido de Netchái, Búbien berra no meu:

— Eia-a-a-a-a!!!

Senhor, não nos deixe morrer...

É indescritível. Porque é algo divino. E deitar nas espreguiçadeiras macias depois dessa cópula da *Oprítchnina* é como a bem-aventurança celeste. A luz está acesa, há champanhe em baldes no chão e um aroma de abeto no ar, toca o segundo concerto de Rachmaninoff para piano e orquestra. Nosso Pai gosta de ouvir os clássicos russos depois da cópula. Deitamos e relaxamos. O fogo das bolas se extingue. Bebemos em silêncio, recobrando o fôlego.

Sábio, ah! muito sábio foi o Pai quando inventou a lagarta. Antes dividíamo-nos em pares, o que fazia pairar sobre a *Oprítchnina* uma perigosa sombra de desunião. Agora o prazer em parelhas acabou. Trabalhamos juntos e juntos gozamos. Mas as pílulas ajudam. E o mais sábio de tudo é que os jovens da *Oprítchnina* sempre impulsionam o rabo da lagarta. Sábio por duas razões: primeiro porque os jovens encontram seu lugar na hierarquia da *Oprítchnina*; segundo, o movimento do sêmen se transmite do rabo à cabeça da lagarta, o que simboliza o ciclo eterno da vida e a renovação da nossa fraternidade. Por um lado, os jovens honram os mais velhos, e de outro, os nutrem. É nisto que nos apoiamos. E graças a Deus.

É agradável bebericar o champanhe de Sichuan e sentir o saudável sêmen da *Oprítchnina* sendo absorvido pelas paredes do reto. Em nossa vida perigosa, a saúde não deve ficar em último lugar. E eu cuido da minha: duas vezes por semana jogo *gorodkí*, depois nado, tomo xarope de bordo com moranguinhos triturados, mastigo sementes germinadas de samambaia, respiro corretamente. E assim como eu, os outros *oprítchniks* fortalecem seus corpos.

O Pai é informado lá de cima que o conde Urússov acaba de chegar. Os banheiros distribuem toalhas a todos. Depois de esconder nossas vergonhas extintas, reclinamo-nos. O conde entra pelo vestiário. Sua toalha de banho o cobre como uma toga romana. O conde é atarracado, branquicento e tem as pernas finas. A cabeça é grande, o pescoço, curto. O rosto, sorumbático como sempre. Mas agora se nota algo novo nesse rosto conhecido.

Olhamos para ele em silêncio, como se ele fosse um fantasma: antes, só tínhamos oportunidade de vê-lo vestindo fraques ou caftans bordados a ouro.

— Saudações, senhores *oprítchniks* — exclama o conde com sua voz abafada.

— Saudações, conde — respondemos desordenadamente.

O Pai permanece reclinado, em silêncio. O conde o avista com seus olhos tristes:

— Saudações, Borís Boríssovitch.

E... inclina-se em reverência.

Ficamos de queixo caído. É o cúmulo. O conde Urússov, todo-poderoso, intratável e onipotente, fazendo uma profunda reverência ao nosso Pai. Dá até vontade de citar os antigos: *sic transit gloria mundi*.

O Pai se levanta sem pressa:

— Saudações, conde.

Retribui a reverência, cruza os braços sobre a barriga e observa o conde em silêncio. Nosso Pai é mais alto que Urússov.

— Bem, decidi lhe fazer uma visita — diz o conde, rompendo o silêncio. — Não atrapalho?

— Ficamos sempre contentes com visitas — profere o Pai. — Ainda há vapor.

— Não sou grande apreciador dos banhos a vapor. Minha conversa com você é urgente e breve. Podemos nos retirar?

— Não guardo segredos da *Oprítchnina*, conde — o Pai responde calmamente, e faz um sinal para os banheiros. — Champanhe?

Com ar sombrio, o conde alonga o lábio inferior e olha para nós de esguelha com seus olhos de lobo. Lobo ele ainda é. Mas acuado. Tsao lhe serve champanhe. O Pai pega uma taça fina, bebe-a de um trago e a coloca na bandeja, depois solta um grasnido, enxugando o bigode. Urússov toma um golezinho da sua, como se fosse cicuta.

— Diga lá, meu caro Andrei Vladímirovitch! — diz o Pai com uma voz tonitruante e volta a se acomodar em sua espreguiçadeira. — Deite-se, fique à vontade.

O conde se senta de través e entrelaça os dedos das mãos:

— Borís Boríssovitch, está a par da minha situação?

— Estou.

— Caí em desgraça.

— Acontece — assente o Pai.

— Por quanto tempo, ainda não sei. Mas creio que mais cedo ou mais tarde o Soberano me perdoará.

— O Soberano é misericordioso — assente o Pai.

— Tenho uma questão a tratar com você. Por ordem do Soberano, minhas contas foram congeladas, meus bens comerciais e industriais foram expropriados. O Soberano deixou-me apenas os meus bens pessoais.

— Graças a Deus... — o Pai arrota o gás carbônico chinês.

O conde examina suas unhas bem cuidadas, toca o ouriço em brilhante de seu anel: faz uma pausa. E diz:

— Tenho propriedades nos arredores de Moscou, no

distrito de Pereiasláv, perto de Voroniéj, em Divnogôrie... e também uma casa na rua Piátnitskaia, onde você esteve...

— Sim, estive... — suspira o Pai.

— Pois então, Borís Boríssovitch. Posso doar a casa na Piátnitskaia à *Oprítchnina*.

Há um silêncio. O Pai permanece calado. Urússov permanece calado. E todos nós permanecemos calados. Tsao está imóvel, segurando a garrafa aberta de champanhe de Sichuan. A casa de Urússov na Piátnitskaia... É um desaforo chamar aquilo de casa: é um palácio! Colunas de mármore canelado, telhado decorado com esculturas e vasos, grades rendilhadas, porteiros munidos de alabardas, leões de pedra... Nunca entrei, mas não é difícil imaginar que dentro é ainda melhor do que fora. Dizem que na entrada da casa do conde o chão é transparente e sob ele há um aquário com tubarões. E todos esses tubarões são rajados como tigres. Que requinte!

— A casa da rua Piátnitskaia — o Pai semicerra os olhos.

— Mas por que um presente tão suntuoso?

— Não é um presente. Eu e você somos homens de negócios. Eu lhe dou a casa e você me dá um teto. A desgraça vai passar, e lhe darei ainda mais. Não tenho intenção de ofender.

— É uma proposta considerável — o Pai semicerra os olhos e nos olha de relance. — É preciso discutir. E então, quem começa?

Levanta a mão o velho Vôsk.

— Permitam-me ouvir os jovens — o Pai olha com o rabo do olho para os jovens. — E então?

Levanta a mão o desenvolto Potíka:

— Permita-me, Pai!

— Fale, Potíka.

— Me desculpe, Pai, mas me parece que não nos convém amparar os mortos. Porque para um morto tanto faz ter ou não um teto sobre a cabeça. Aliás, não é de teto que ele precisa, mas de uma tampa de caixão.

O silêncio inunda a sala de banhos. Um silêncio sepulcral. O rosto do conde fica verde. O Pai estala os lábios:

— Pois é assim, conde. Observe que se trata da voz da nossa juventude. Imagine o que os veteranos dirão sobre a sua proposta.

O conde passa a língua nos lábios esbranquiçados:

— Escute, Borís. Eu e você não somos mais crianças. Que mortos? Que tampa? Está bem, caí nas mãos severas do Soberano, mas isso não vai durar para sempre! O Soberano sabe o quanto fiz pela Rússia! Daqui a um ano ele irá me perdoar! E vocês sairão lucrando!

O Pai enruga a testa:

— Você pensa que ele o perdoará?

— Tenho certeza disso.

— O que acham, *oprítchniks*: o Soberano vai perdoar o conde ou não?

— Nãããol — respondemos em coro.

O Pai abre seus braços fortes.

— Está vendo?

— Ouça! — o conde ergue-se de um salto. — Chega de bobagens! Não vim aqui para brincadeiras! Perdi quase tudo! Mas juro por Deus que hei de reaver tudo! Hei de reaver tudo!

O Pai suspira e se levanta, apoiando-se em Ivan:

— Você, conde, quer ser como Jó. Tudo hei de reaver... Não vai reaver nada. E sabe por quê? Porque colocou sua paixão acima do Estado.

— Borís, não diga o que não sabe!

— Não estou dizendo o que não sei — o Pai se aproxima do conde. — Por que acha que o Soberano ficou furioso? Porque você gosta de trepar em incêndios? Porque desonrou a filha dele? Não. Não foi por isso. Foi porque você queimou bens do Estado. Isso quer dizer que se colocou contra o Estado. E contra o Soberano.

— A casa era de Bobrínskaia, era dela, era propriedade dela! O que o Soberano tem com isso?!

— Tudo, seu cabeça de vento, pois todos nós somos filhos do Soberano, e tudo que nos pertence, a ele pertence! O país inteiro é dele! Por acaso não sabe disso? A vida não lhe ensinou nada, Andrei Vladímirovitch. Você era genro do Soberano, mas se tornou um rebelde. E não só rebelde, mas também um canalha. Uma carniça putrefata.

Os olhos do conde se inflamam com uma fúria tenebrosa:

— O quê?! Ah, seu cão...

O Pai leva dois dedos à boca e assobia. E como que respondendo a um comando, os jovens avançam sobre o conde e o agarram.

— Para a fonte! — ordena o Pai.

Os *oprítchniks* arrancam a toalha do conde e o lançam à fonte. O conde emerge, resfolegando:

— Seus cães, vocês me pagam...

Olha só — todos os jovens têm facas nas mãos. Isso é novidade. Quem diria! Como eu não sabia disso? Será o fim do conde? Foi dado algum sinal?

Munidos de facas, os jovens se postam ao redor da fonte.

— Eia! — grita o Pai.

— Eia! Eia! — gritam os jovens.

— Eia! Eia! — acompanham os demais.

— Morte ao inimigo da Rússia! — exclama o Pai.

— Morte! Morte! Morte! — acompanhamos.

O conde nada até a borda da fonte e se agarra ao mármore. Mas do outro lado, Komol ergue a mão e sua faca voa na velocidade de um raio, cravando-se até o cabo nas costas encurvadas do conde. O conde solta um grito de fúria. Okhlop ergue a mão e sua faca voa, cravando-se bem ao lado da primeira. Ielka e Ávila arremessam suas facas e também atingem com precisão as costas do conde desnudo, que berra de indignação, tão furioso como antes. Quanto ódio o canalha acumulou! As facas dos outros jovens voam também. E todas atingem o alvo. Os jovens aprenderam bem a arremessar facas. Nós, veteranos, preferimos usar as facas no combate corpo a corpo.

O conde já não berra, apenas geme, revirando-se na água. Parece uma mina naval.

— É isto o que você há de reaver... — o Pai sorri, pega a taça da bandeja e bebe um gole.

Um espasmo percorre o corpo do conde e ele fica imóvel para sempre. Vida e destino.

— Levem-no para cima — o Pai ordena aos banheiros.

— Troquem a água.

Os banheiros arrastam o cadáver de Urússov para fora da fonte, retiram sua cruz de ouro e o famoso anel com o ouriço. Entregam-nos ao Pai. Ele faz saltitar na palma de sua mão o que restou do poderoso conde:

— Pronto. Este era e já não é!

Levam o cadáver. O Pai dá a cruz de ouro a Svirid:

— Ofereça amanhã no nosso templo.

Ele põe o anel em seu dedo mindinho.

— Tomamos nosso banho. Já para cima! Todos para cima!

O relógio carrilhão soa 2:30. Estamos na sala azulejada. O Pai escolheu apenas cinco de nós para o restante da noite: Potíka, Vôsk, Baldokhái, Ierókha e eu. Depois do "trabalho molhado", nosso pai gosta de uma coquinha com vodca. Sentamos em volta de uma mesa redonda de granito vermelho. Sobre ela há um prato com carreirinhas brancas, uma vela e uma garrafa de vodca. Ierókha esquenta o prato sobre a vela, faz secar um pouco o pozinho. O Pai já está numa boa. E quando ele está numa boa, faz discursos elevados. O nosso Pai tem três discursos preferidos: um sobre o Soberano, outro sobre sua falecida mamãe, outro sobre a fé cristã. Hoje é a vez da fé:

— Vejam, meus asnos amados, por que acham que construímos a Muralha, que nos cercamos, que queimamos os passaportes internacionais, que introduzimos os estamentos, que modificamos as máquinas inteligentes para o alfabeto cirílico? Para obter lucro? Para manter a ordem? Para ter tranquilidade? Para o nosso *Domostroi*?[59] Para a edificação do

---

[59] O *Domostroi* é um conjunto de regras e instruções relativas a problemas domésticos, religiosos e sociais, introduzido no século XVI, durante o reinado de Ivã, o Terrível. Ele reforçava a obediência e a submissão a Deus, ao tsar e à Igreja. (N. da T.)

que há de melhor e mais grandioso? Para termos belas casas? Botas de couro marroquino, para que possamos marcar passo e acompanhar com palmas? Para que tudo seja *justo*, honesto e sólido, é isso, para que tenhamos tudo? Para que o poderio do Estado seja como um pilar, tal como a árvore de tamarindo celestial? Para que ele sustente a abóbada celeste e todas as suas estrelas, seus filhos de mães santas, para que as estrelas cintilem, seus lobos babosos, para que a lua brilhe, para que o vento quente sopre e ressopre em vossas bundas, não é? Para que as vossas bundas fiquem aquecidas em vossas calças de veludo? Para que as vossas cabeças fiquem confortáveis dentro de gorros de zibelina, não é? Para que todos esses lobos babosos não precisem viver de mentiras, não é? Para que todos corram em matilhas, e corram bem, em linha reta, concentrados, Santíssima, para que obedeçam a seus superiores, moam grãos, alimentem seus irmãos, suas esposas amadas e seus filhos, não é mesmo?

O Pai faz uma pausa, aspira por uma narina uma boa pitada do pó branco e em seguida bebe a vodca. Fazemos o mesmo.

— Ora, asnos amados, não foi para isso. Foi para conservar a fé em Cristo como uma relíquia imaculada, não é? Pois só nós, os ortodoxos, conservamos na terra a Igreja como o Corpo de Cristo, uma igreja única, santa, eclesiástica, apostólica e infalível, não é? Porque depois do Segundo Concílio de Niceia, somos os únicos a glorificar o Senhor do modo *justo*, pois, sendo ortodoxos, ninguém foi capaz de nos tirar o direito de glorificar o Senhor do modo *justo*, não é? Porque não renunciamos ao nosso concílio nem aos ícones sagrados, à Virgem Maria, à fé dos padres, à Santíssima Trindade, ao Espírito Santo, ao Senhor Criador da vida, que procede do Pai, adorado e glorificado com o Pai e o Filho, e que falou através dos profetas, não é? Posto que repudiamos toda blasfêmia: o maniqueísmo, o monotelismo e o monofisismo, não é? Posto que aquele para quem a Igreja não é a mãe, tampouco tem Deus como pai, não é? Posto que por sua natureza Deus está acima de toda compreensão humana, não é? Posto que todos os padres ortodoxos são sucessores de Pedro, não é? Posto que o purgatório não existe, apenas o inferno e o paraíso, não é? Posto que o homem é mortal e por isso peca, não é? Posto que Deus é luz, não é? Posto que o nosso Salvador se fez homem para que vocês, lobos babosos, vocês e eu, nos tornássemos também deuses, não é? Por isso o Soberano construiu a Grande Muralha, para nos isolar da pestilência e da falta de fé, dos malditos *cyberpunks*, dos sodomitas, dos católicos, dos melancólicos, dos budistas, dos sádicos, dos satanistas, dos marxistas, dos megaonanistas, dos fascistas, dos pluralistas e dos ateístas! Posto que a fé, meus lobos babosos, não é um porta-moedas! Não é um caftan de brocado! Não é um porrete de carvalho! O que é a fé? A fé, meus asnos ilustres, é um poço de água pura, cristalina, serena, transparente, forte e abundante! Entenderam? Ou preciso repetir?

— Entendemos, Pai — respondemos como sempre.
— Se entenderam, graças a Deus.
O Pai faz o sinal da cruz. Nós também. Cheiramos. Bebemos. Pigarreamos.
E, de repente, Ierókha começa a fungar de modo ostensivo.
— O que deu em você? — o Pai se volta para ele.
— Me desculpe, Pai, se lhe contradigo.
— Diga...
— Sinto-me afrontado.
— Que afronta é essa, irmão Ierókha?
— Porque você leva no dedo o anel do fidalgo.
Ierókha tem razão. O pai olha para ele com os olhos apertados. E exclama:
— Trofím!

Aparece o criado:
— O que deseja, senhor?
— Um machado!
— Às suas ordens.
Continuamos sentados, trocando olhares. E o Pai nos olha, sufocando um sorriso. Trofím entra com o machado. O Pai tira o anel do dedo mindinho e o põe sobre a mesa de granito:
— Vamos lá!
O fiel Trofím compreende tudo de imediato: ergue os braços e atinge o anel com a cabeça do machado. O diamante espatifa e se espalha para todos os lados.
— Pronto! — o Pai ri.
Rimos também. Assim é o nosso Pai. Por isso o amamos, por isso o protegemos, por isso somos fiéis a ele. Ele sopra a poeira do diamante da mesa:
— E então, por que estão boquiabertos? Cortem!
Potíka está ocupado com o pó, repartindo as carreiras. Gostaria de perguntar por que os jovens se encarregaram do conde, ao passo que nós, os veteranos, não sabíamos de nada. Será que não estamos por dentro de tudo? Será que perdemos a confiança? Mas me contenho: melhor não se meter em brasa quente. Depois vou dar um jeito de falar com ele debaixo dos panos.
De repente, Baldokhái pergunta:
— Pai, e quem compôs aquela pasquinada?
— O trovador Filka.
— Quem é?
— Um rapaz talentoso. Vai trabalhar para nós... — o Pai se inclina e aspira uma carreira branca com seu tubinho de osso. — Escreveu uma coisa bem boa sobre o Soberano. Querem ouvir? Liga lá, Trofím.
Trofím liga para um número e aparece, bem perto de nós, uma cara enorme de óculos, sonolenta e assustada.

— Estava dormindo? — o Pai pergunta, bebendo um cálice de vodca.

— Imagine, Borís Boríssovitch... — o trovador balbucia.

— Bem, então leia para nós aquele poema dedicado ao Soberano.

Ele ajusta os óculos, pigarreia e declama de modo expressivo:

> Em nossos dias, distante e alheio,
> Atrás do antigo muro de pedra,
> Vive um homem — não, um feito:
> Um feito do tamanho da Terra.
>
> O destino lhe deu o fado
> De o vazio sucessório ocupar —
> Um sonho que é tão ousado
> Que ninguém foi capaz de ousar.
>
> Mas homem sempre será:
> Se acaso encontrar um lobo,
> Seu disparo, como o de todos,
> Na floresta ecoará.

O Pai dá um murro na mesa:

— Que tal? Não é um filho da puta?! Com que habilidade soube amarrar a coisa, hein?

Concordamos:

— Muita habilidade.

— Está bem, Filka, pode voltar a dormir! — o Pai o desliga.

E de repente começa a cantar com sua voz de baixo:

> A hora da do-or, a hora da angú-ústia
> Vamos se-empre comparti-i-lhar!

Furemos então os nossos pés,
Sigamos na estrada da vi-i-da!⁶⁰

Esperava que escaparíamos disso, que o Pai apagaria antes. Mas nosso comandante segue firme: depois do pó com vodca, sente vontade de "perfurar". Então vamos — se tem que perfurar, pois vamos perfurar. Não é a primeira vez. Trofím já está a postos: abre uma caixa vermelha, na qual estão dispostas, como revólveres, algumas furadeiras vermelhas. Em cada furadeira há uma broca finíssima de diamante. Suponho que o Pai tenha se lembrado desse divertimento penetrante quando o anel de diamantes foi destruído diante dele. Trofím distribui as furadeiras.
— Quando eu mandar! — O Pai murmura, meio chapado, meio embriagado. — Um, dois, três!
Baixamos as furadeiras sob a mesa, ligamos e tentamos acertar a perna de alguém de primeira. Só se pode tentar uma vez. Se falhar, sinto muito. Me parece que acerto Vôsk, e à minha esquerda provavelmente quem acerta é o próprio Pai. Começa a perfuração:
— Eia! Eia!
— Eia! Eia!
— Queima, queima, queima!
Aguenta, aguenta, aguenta. As brocas atravessam a carne como se fosse manteiga e se fincam nos ossos. Aguenta, aguenta, aguenta! Aguentamos, rangendo os dentes e olhando fixamente nos rostos dos outros:
— Queima! Queima! Queima!

---

⁶⁰ Paródia da canção "Davái pojmión drug drugu ruki", do tenor soviético Vadim Kôzin (1903-1994), duas vezes enviado aos trabalhos forçados sob acusações relacionadas ao seu homossexualismo. O terceiro verso, que foi alterado pelo personagem, originalmente diz "Demos então as nossas mãos". (N. da T.)

Aguentamos, aguentamos, aguentamos. As brocas finas como pernilongos atingem a medula do osso. E Potíka é o primeiro a não suportar:

— Aaaaa!

— Quebrou! — ordena o Pai.

Quebramos as brocas. Os fragmentos ficam nas nossas pernas. Potíka perdeu: contraindo-se de dor e gemendo, ele agarra o joelho. Perseverança — é isso que os jovens precisam aprender conosco, os veteranos.

— Vákhruchev! — grita o Pai.

Aparece o taciturno Piotr Semiónovitch, médico da *Oprítchnina*, com dois ajudantes. Extraem de nossas pernas os fragmentos das brocas de diamantes, finas, finíssimas, um pouco mais grossas que um cabelo de mulher, e aplicam esparadrapos, injetam remédios. O Pai cai nos braços dos criados, dá bofetadas neles, canta, ri, peida. Potíka, na qualidade de perdedor, entrega ao caldeirão da *Oprítchnina* tudo o que tem na carteira: duzentos em papel e cem em ouro.

— O fim coroa a obra! — ruge o Pai. — Cocheiros!

Os criados me agarram pelos braços e me levam embora.

O motorista do Estado me leva para casa em meu puro-
-sangue. Vou reclinado e sonolento. A Moscou noturna cintila. Suas luzes. Os arredores de Moscou cintilam na penumbra. Abetos telhados. Telhados abetos. Telhabetos de neve
polvilhados. É bom sair da severa Moscou e voltar ao meu
querido subúrbio depois de um dia cheio de trabalho. E se
despedir de Moscou. Porque Moscou é a cabeça de toda a
Rússia. E a cabeça possui um cérebro. E à noite ele está cansado. E canta durante o sono. E nesse canto há um movimento: contração, distensão. Tensão. Muitos milhões de volts e
amperes para criar a grandeza necessária. Ali vivem os médicos da energia. Ali cintilam tijolos atômicos. Que sibilam
e são apinhados em fileiras. E cimentados, um depois do outro. Presos para sempre, por milhares de séculos. Disto o homem é feito. Edifícios de moléculas, assentadas em três fileiras de tijolos. Às vezes quatro. Quem é o mais vasto? Às vezes até oitenta e oito. A respeito disso, iremos interrogá-los
depois. E todos os edifícios atrás de paliçadas fortificadas,
todos com guardas, criaturas subversivas, parasitas prepo-
tentes, nascidos no pecado, condenados à morte. As caldeiras
do Estado fervem. A gordura, a gordura, a gordura daqueles
que entregaram a alma a Deus, goteja e escorre pelo gelo.
Gordura humana derretida que cobre a caldeira de ferro e
transborda, transborda, transborda, transborda. A torrente
incessante de gordura escorre. Congela no frio de rachar. Co-

mo madrepérola. Congela, congela, congela e forma uma bela escultura. Esplêndida. Magnífica. Incomparável. Sublime. Encantadora. A beleza da escultura de gordura é divina e indescritível. Gordura rosada como madrepérola, macia e fresca. Os seios da Soberana são moldados com a gordura dos seus súditos. Os imensos seios da nossa Soberana! Pairam sobre nós no azul do céu. São incomensuráveis! E para alcançá-los, voe num aeroplano chinês de asas velozes, furioso avião que caça os inimigos nossos, e roce-os com os lábios, aperte, aperte-os contra a face, aperte, aperte-os, congele-os para toda a vida, para que não me arranquem daqui os maltrapilhos, que ninguém me desprenda desses seios, seios da Soberana, que não me desprendam, nem com tenazes incandescentes, nem com facas cortantes, que nem com torqueses me arranquem, nem mesmo que me quebrem os ossos, ossos que estalam alto, e a carne, a carne exaurida, minha carne mortal, perecível, pobre carne minha, porque se quisésseis sacrifícios, eu vos faria, mas nunca de minha carne exaurida, glória a ti nas alturas, glória a ti pelos séculos, nossa Mãe Branca Gordura!

— Patrão, paizinho, Andrei Danílovitch!
Abro os olhos. O candeeiro ilumina o rosto choroso de Anastassía. Ela traz nas mãos um frasquinho de amoníaco. Agita-o sob o meu nariz. Dou-lhe um empurrão, faço uma careta e espirro:
— O que está fazendo...
Ela me olha:
— O que o senhor está fazendo consigo? Por que não cuida de sua saúde?
Eu me reviro, mas não tenho forças para me erguer. Lembro-me apenas de que ela me fez algo de ruim. Não consigo lembrar o quê... Tenho sede:
— Me dê de beber!
Ela traz um púcaro com *kvas* branco. Esvazio. Exausto, deixo-me cair sobre os travesseiros. Agora o mais importante é arrotar. Eu arroto. Logo me sinto mais leve:
— Que horas são?
— Quatro e meia.
— Da manhã?
— Da manhã, Andrei Danílovitch.
— Quer dizer que ainda não me deitei?
— Trouxeram você sem sentidos.
— Onde está Fiédka?
— Aqui, Andrei Danílovitch.
O focinho sorumbático de Fiédka surge junto à minha cama.

— Alguém telefonou?
— Não, ninguém.
— O que houve em casa?
— A aia se intoxicou com o queijo coalho. Vomitou bile. Tânia pediu a quarta-feira para ir a um batismo com seus familiares. No banheiro a ducha voltou a gotejar, mas já enviei uma petição pela Rede. E para amanhã é preciso confirmar a cabeça de cachorro, Andrei Danílovitch. A de hoje foi despedaçada pelos corvos. Tenho duas: uma de pastor do Cáucaso, fresquinha, e uma de dogue de Bordeaux, congelada, proveniente do Gelo Branco. Quer que eu traga?
— Amanhã... Fora!

Fiédka desaparece. Anastassía apaga o candeeiro, despe-se na escuridão, faz o sinal da cruz, murmura uma prece antes de dormir e se deita ao meu lado sob as cobertas. Ela encosta seu corpo nu e quente no meu, retira o sininho dourado do lóbulo da minha orelha e o põe na mesinha de cabeceira:

— Permite que o ame ternamente?

— Amanhã — balbucio, semicerrando as pálpebras de chumbo.

— Como quiser, meu senhor... — ela sussurra no meu ouvido e me acaricia a testa.

Mas parece que ela me fez alguma coisa... não muito boa. Fez algo em segredo... Mas o quê? Alguém me contou hoje. Na casa de quem eu estive? Na casa do Pai. Com os bravagente. Na casa da Soberana. Na casa de quem mais? Esqueci.

— Ouça, você não roubou nada de mim?

— Santo Deus... O que está dizendo, Andrei Danílovitch?! Santo Deus! — ela começa a chorar.

— Nástia, na casa de quem eu estive hoje?

— Como eu poderia saber? Certamente, depositou o seu sêmen em alguma amante da capital, por isso não me deseja mais. E ainda... levanta calúnias contra uma moça honesta...

Ela chora.

A duras penas viro o meu braço de chumbo e a abraço:

— Está tudo bem, sua boba. Cumpri tarefas de Estado e arrisquei a vida.

— Vai viver até os cem anos... — ela murmura, ofendida, chorando na escuridão.

Cem anos ou não, mas viverei ainda... Vivamos, vivamos. Sim, e deixemos que os outros vivam. Uma vida ardente, heroica, a serviço do Estado. Respondendo a ele. Devemos servir à grande causa. É preciso viver para enfurecer os canalhas, para a alegria da Rússia... Meu corcel branco, espere... não fuja... aonde está indo, meu amado... aonde, você, de crina branca... meu corcel de açúcar... vivos, ah, vivos... cavalos vivos, pessoas vivas... todos vivos até que... todos... toda a *Oprítchnina*... toda a bem-amada *Oprítchnina*. E enquanto a *Oprítchnina* estiver viva, viva estará a Rússia. E graças a Deus.

POSFÁCIO

Arlete Cavaliere

"Não são pessoas. São apenas letras no papel."

Vladímir Sorókin

Essa asserção, proferida por Sorókin nos anos 2000, em uma das inúmeras entrevistas concedidas logo após a destruição de suas obras em praça pública por um grupo de jovens apoiadores do Krêmlin,[1] talvez expresse uma das definições mais eficazes de seu fazer literário: os seres sorokianos e o mundo em que habitam não devem ser compreendidos ou analisados em qualquer outro plano que não seja o da construção artística.

Vladímir Sorókin, considerado um dos mais representativos autores contemporâneos, integra uma leva de escritores que se convencionou chamar de "nova literatura russa", para não se utilizar a expressão "pós-modernismo russo", conceituação bastante controversa para uma classificação adequada da produção que se deu a partir da década de 1980 no país.

---

[1] A organização *Idúsche Vmeste* (Caminhando Juntos), constituída por jovens pró-Putin, foi criada por Vassili Iakemenko no ano 2000 e rebatizada, em 2005, com o nome de *Nachi* (Os Nossos). Em uma representação performática do grupo, em 2002, vários exemplares de obras de Sorókin foram jogados em um gigantesco vaso sanitário diante do Teatro Bolchói, em Moscou. Depois os integrantes do grupo caminharam até o monumento dedicado ao escritor Anton Tchekhov, diante do qual encenaram trechos de *Gordura azul*, polêmico romance de Sorókin que inclui cenas de homossexualidade entre Stálin e Khruschóv.

Nascido em 1955 em Bykovo, perto de Moscou, Vladímir Gueórguievitch Sorókin faz operar na maioria de seus textos em prosa (e em grande parte de seus textos teatrais) procedimentos essenciais do fazer artístico contemporâneo: a "morte do autor", a emancipação do leitor, o fim da mimese, a fragmentação, o sincretismo das formas, a metalinguagem, a ironia e a paródia.

Viktor Ierofiéiev, outro expressivo representante da intelectualidade russa surgida nos anos 1970 e 1980, faz uso de uma imagem retirada do campo teatral ao denominar de "comédia estalinista" a representação encenada pelo regime soviético no imenso palco da Eurásia — "comédia" que teria despertado em seus espectadores sobreviventes (depois de caírem as cortinas, quando Stálin, seu autor e encenador, desaparece da cena) as impressões mais pessimistas e desesperançadas no que diz respeito à natureza humana.[2] Segundo Ierofiéiev, a ideologia soviética se apoiava na recuperação "fantasista" de um pseudo-humanismo, na encenação de um credo otimista que tinha como base uma espécie de "filosofia de esperança" (apropriação enviesada da filosofia que por séculos alimentou o imaginário da tradição literária e cultural russa), visão de mundo própria da *intelligentsia* russa, obstinada a assegurar a todo custo uma existência humana digna, mesmo em contingências históricas e sociais tão adversas como as da Rússia — segundo o autor, foi justamente sob o regime soviético que essa tradição, cara ao pensamento russo, se desmantelou, e a vida humana se mostrou em toda a sua baixeza, cinismo, abjeção, conformismo, hipocrisia e sadismo.

---

[2] Cf. Viktor Ierofiéiev, "Russkie Tsvety Zlá" ("As Flores do Mal russas"), em *Russkaia literatura XX veka v zerkale kritike — Khrestomatia* (*A literatura russa do século XX no espelho da crítica — Antologia*), São Petersburgo, Akademia, 2003, pp. 230-44.

A tradição clássica do pensamento, da literatura e da cultura russas teria então recebido um golpe mortal. Essa espécie de repositório do humanismo russo, que deve ser defendido mesmo quando o ser humano se submete às situações mais extremas e insuportáveis, entrou definitivamente em colapso quando o "espetáculo" soviético caminhava para o seu final.

A colisão do pseudo-humanismo oficial totalitarista com a busca desesperada (ou o "eterno retorno") do humanismo liberal teria engendrado a filosofia do degelo da era Khruschóv, a qual se fundamenta no imperativo de uma volta às normas "autênticas" do humanismo, temática que alimentará toda a geração de poetas e prosadores dos anos 1960, tais como Vladímir Voinóvitch, Andrei Bítov e Fazil Iskander.

Com o colapso do regime soviético, entrarão em crise a literatura e a arte soviéticas, quer em sua vertente oficial, quer na forma de oposição dissidente, posto que o regime, em certa medida, constituía a razão de ser de ambas as tendências.

É no bojo deste complexo entrelaçamento e esgotamento de dois adversários ideológicos (um humanismo oficial e um humanismo liberal), de que se nutriu a cultura soviética nas décadas de 1960 e 1970, que se desenvolve o fermentar e o posterior desdobramento da crise pós-moderna russa, marcada pela emergência dos assim chamados "movimentos artísticos não conformistas", declaradamente não oficiais.[3]

Sorókin pertence a essa nova geração "revolucionária"

---

[3] Os termos *pós-moderno*, *pós-modernismo* e *pós-modernidade* invadem a reflexão crítica tanto na Europa como no continente americano há mais de meio século. Na Rússia, especialmente na década de 1990, tornaram-se palavras-chave do discurso crítico, embora o fenômeno pós-moderno esteja muito mais vinculado à cultura do Ocidente nos EUA e na Europa, à era pós-industrial e ao declínio do capitalismo. Basta lembrar o clássico *Pós-modernismo: a lógica cultural do capitalismo tardio*, de Fredric Jameson.

de artistas, de certo modo ainda vigente na Rússia atual. Autor de romances, contos, textos teatrais e roteiros para cinema, Sorókin ficou conhecido como um escritor conceitualista e se tornou um dos principais expoentes da literatura russa contemporânea, em companhia de Viktor Ierofiéiev, Viktor Peliévin, Dmítri Prígov, Liudmila Petruchévskaia e Liudmila Ulítskaia, para citar apenas alguns.

O avanço de um novo paradigma cultural vem acompanhado, assim, da concomitante desintegração do sistema socialista. E uma vez mais na Rússia, o desenvolvimento sincrônico da história e da cultura é responsável pela irrupção de todo um universo artístico-literário, que acentua agora a perda da lógica de causa e efeito, imposta pelo mundo soviético.

A transformação profunda na representação do mundo pelos artistas russos contemporâneos leva, sobretudo, a um esvaziamento da ideologia soviética, destituindo-a de seus significados e seus dogmas ao mesmo tempo que faz uso de seus clichês, com o objetivo de desmontar as verdades e os cânones por ela consagrados e solidificados durante anos na consciência russa.

Essa geração de escritores, da qual Sorókin faz parte, evidencia, portanto, uma produção artística distante do *sovietismo* então em vigor, mas em vez de *antissoviética*, ela se mostra muito mais *a-soviética*, pois desconfia também da literatura soviética dissidente, a qual, segundo lhe parece, embora resista ao conformismo literário vigente, apresenta os mesmos critérios estéticos, pautados pela representação realista.

Certamente, um movimento cultural de tal magnitude e complexidade, conformado por sucessivos desvios de rumos, embates e debates, além de nuances em sua recepção crítica, produzirá nos planos estético, filosófico e ideológico estratégias artísticas múltiplas, ainda em plena expansão na última década. Um enfoque analítico conclusivo ou totalizante se torna, portanto, uma tarefa temerária, pois qualquer aproximação investigativa se encontra ainda hoje desprovida de distanciamento histórico suficiente.

Ora, de outra parte, toda a experimentação da linguagem que daí provém nos remete, em certo sentido, aos procedimentos estéticos empregados pelas vanguardas russas nas duas primeiras décadas do século XX: o futurismo e o cubofuturismo russo, as experiências linguísticas da linguagem "transmental", a "arte como procedimento" proposta pelos formalistas russos, as múltiplas experiências com a materialidade do signo e a consequente aniquilação do sentido. E talvez por isso mesmo alguns críticos tendem a denominar essa nova poética contemporânea de "segunda vanguarda russa", ou "geração pós-vanguarda".[4]

É verdade que essa nova geração de escritores, com suas narrativas ilógicas, muitas vezes saídas do mundo *underground*, do *nonsense*, do absurdo, repletas de experimentações linguísticas e discursivas que violentam a língua russa com o emprego de inúmeros neologismos, ou de expressões grosseiras, retiradas do mais baixo jargão, muitas vezes obscenas, e que, certamente, alimentam um pensamento filosófico embasado na ideia de negação a qualquer afirmação, nos reenviam à mesma violência estética que marca os vários movimentos artísticos das primeiras décadas do século XX na Rússia pré e pós-revolucionária. Mas o que se coloca agora

---

[4] Cf. especialmente Mikhail Epstein, Alexander Genis e Slobodanka Vladiv-Glover, *Russian Postmodernism: New Perspectives on Post-Soviet Culture*, Nova York, Berghahn Books, 1999, um denso e acalentado estudo em que os teóricos procuram cercar o debate sobre a natureza do pós--modernismo na Rússia, em particular no que se refere à discussão sobre a filiação deste movimento como processo de continuidade da tradição modernista da década de 1920, ou, ao contrário, como resposta à tendência predecessora mais imediata, isto é, ao realismo socialista.

sob questão não é mais o "novo homem soviético", mas o homem enquanto tal: o amor, a infância, a fé, a Igreja, a beleza, a honra, e mesmo a sabedoria popular, estão agora sob a mira de uma descrença absoluta, a colocar um ponto final nas ilusões do populismo hodierno que reinou durante o período soviético. Uma reação brutal, sem dúvida, ao mesmo tempo contra a realidade degradada e contra o moralismo excessivo que desde sempre sufocara a cultura russa. Uma avaliação corrente dessa *intelligentsia* mais radical salienta que a sociedade russa cultivada recebera tal dose de predicação literária, que acabou por sofrer de uma espécie de hipertensão moral, ou de um hipermoralismo.

Daí provém certamente o surgimento de personagens desprovidos de biografias coerentes, cuja psicologia é substituída pela psicopatologia: loucos, doentes mentais, perversos sexuais, depravados, torturadores e drogados metaforizam não a vida no *gulag*, mas a própria Rússia em decomposição, tornada metáfora da vida.

A transformação profunda na representação do mundo pelos artistas russos contemporâneos, plasmada ora como processo de continuidade da tradição modernista em seu diálogo com as vanguardas dos anos 1920 ou com os "obeirutes",[5] ora como resposta, ou mesmo decorrência, do realismo socialista e de todo o passado histórico e cultural russo (como quer Mikhail Epstein), empreende, sobretudo, uma desconstrução da ideologia soviética.

[5] Integrantes do grupo *Obériu* (*Obedinénie Edínstveno Reálnovo Iskústva — União da Única Arte Real*), surgido em Leningrado em 1927, tendo Daniil Kharms como expoente maior, e cuja proposta essencial centrava-se na revisão paródica dos princípios constitutivos da arte da primeira vanguarda, sobretudo a arte futurista. Foram retomadas pelos "obeirutes" as frequentes variações sobre o tema, por exemplo, da vida após a morte, da vida eterna e da regeneração futura do mundo por meio de um "segundo nascimento", tema caro a Maiakóvski.

Pode-se dizer que um dos procedimentos estéticos comum a esses escritores russos se constitui na utilização quase obsessiva da intertextualidade e, principalmente, de citações e referências, muitas vezes explícitas, a textos clássicos da literatura russa. No caso específico de Sorókin, observam-se diferentes procedimentos intertextuais, de citações diretas a estilizações, em seus mais variados graus. Já se disse que por meio da "desconstrução" de textos clássicos Sorókin constrói uma espécie de "poética da revolta". E também que os seus textos não oferecem ao leitor/espectador a chave para a compreensão do texto original. Trata-se com frequência de uma determinada postura ideológica e metatextual: apontar a hierarquia e a relação existentes entre a literatura clássica e a contemporânea, numa clara rejeição ao cânone literário e ao caráter totêmico a que muitos escritores foram alçados pela tradição literária russa.[6] Daí a presença, em seus textos, de uma recorrente banalização da escrita, resultante da impotência da linguagem diante do esvaziamento da discursividade política e ideológica, que impregnara a literatura e a visão de mundo do homem russo contemporâneo.

Narração histórica do presente

Uma primeira leitura de *O dia de um oprítchnik*, romance publicado em 2006, parece conduzir o leitor de imediato a um esgar tragicômico sobre a sociedade russa contemporânea. Mesmo que em meio aos filamentos do tecido narrativo

---

[6] Cf. a propósito, Alexander Genis, "Postmodernism and Sots-Realism — From Andrey Sinyavsky to Vladimir Sorokin", em M. Epstein, A. Genis e S. Vladiv-Glover, *Russian Postmodernism: New Perspectives on Post-Soviet Culture*, op. cit.

ressoem entrelaçados ecos do passado medieval e do reinado do tsar Ivã IV (Ivã, o Terrível), o protagonista deste romance, o *oprítchnik* Andrei Komiága, se move em um cronotopo bem delimitado: no decorrer de um dia em um tempo futuro (mais precisamente, no ano de 2027), em uma Rússia que pode ser descrita, para dizer o mínimo, como surpreendente.

Uma aproximação analítica mais acurada ao texto demonstra, porém, que essa difusa temporalidade — alicerce estrutural, aliás, de muitos dos textos de Sorókin — aponta menos para a formatação peculiar do narrar crítico-satírico e mais para a desmontagem paródica de determinada tradição cultural russo-soviética, problematizando uma espécie de revisão histórica e moral do reinado de Ivã, o Terrível, de que se utilizaram algumas narrativas historiográficas russo-soviéticas de modo a legitimar o terror e a violência em prol do fortalecimento do Império e do Poder. Tais elementos constitutivos da história russa (e do totalitarismo daí decorrente) se inscrevem, assim, em uma zona social e política em que a execução rigorosa da lei e a sua transgressão parecem coincidir.

Em contraposição a essa ótica histórica revisionista e negacionista, Sorókin parece estar mais interessado em estabelecer um universo ficcional cuja releitura do passado histórico, projetado no tempo futuro sem prejuízo a sua refração no tempo presente, desconstrói as bases assentadas pelas narrativas instauradoras da concepção de "Grande História Russa".

Além disso, a par dessa reflexão de ordem histórica, a novela estabelece um profundo dialogismo artístico e cultural: ao longo dos séculos, foram muitas e muito variadas as interpretações — na literatura, ópera, pintura, teatro e cinema — que abordam questões candentes acerca do potencial trágico e ambíguo da figura e do reinado de Ivã IV (1530-1584). Certamente porque o primeiro "tsar de todas as Rússias" constitui um dos eixos centrais de uma das mais caras reflexões sobre a política do país: o princípio e a legitimação de um poder forte e soberano, aspecto fundante da razão de ser do império russo e do poder soviético.

No plano da construção literária, uma primeira abordagem intertextual parece inescapável: o título do relato remete de modo evidente ao romance de Aleksander Soljenítsin, *Um dia na vida de Ivan Deníssovitch*, publicado em 1962. Trata-se, em ambos os textos, da exposição de fatos ocorridos na vida dos respectivos protagonistas: em Sorókin, o narrador/protagonista Komiága, um dos principais líderes da *Oprítchnina*, relata em primeira pessoa as barbaridades, os crimes e as torturas impetrados durante 24 horas em um espaço-tempo totalitário, que se poderia definir como retrofuturista (*retrobuduchee*), de acordo com o neologismo criado por Mark Lipovetsky para caracterizar grande parte da literatura de Sorókin; de outra parte, em Soljenítsin, o narrador descreve em terceira pessoa a rotina de uma jornada vivida pelo protagonista Ivan Deníssovitch no *gulag* soviético, testemunho ficcional do que sucedeu a tantos milhares de vítimas do regime stalinista, incluindo o próprio Soljenítsin.

A complementaridade antagônica dos heróis Andrei Komiága e Ivan Deníssovitch deflagra outras oposições convergentes, em particular, o especular trinômio histórico passado-presente-futuro, a reverberar, segundo a ótica sorokiana, aspectos essenciais da cultura russa contemporânea.

É certo que uma significativa parcela da obra literária de Vladímir Sorókin se constitui como uma espécie de moldura na projeção transversal do universo social, político e cultural da contemporaneidade russa, fazendo uso, não raro, de um inusitado deslocamento de efabulações e personagens em direção ao passado ou ao futuro.

Veja-se, a propósito, a seguinte ponderação do escritor: "Nós [os russos] a vida inteira estamos a nos movimentar para algum lugar entre o passado e o futuro, por isso não temos presente".[7]

Ou ainda: "Na vida da Rússia não há presente, apenas passado e futuro — e nós estamos sempre a nos equilibrar entre esses dois tempos".[8]

Quando, em 1985, o seu primeiro romance, *Fila* (*Ótchered*), foi publicado em Paris, Sorókin ganhou reconhecimento internacional. O romance, inteiramente composto na forma de diálogos, sem nenhuma intervenção de um narrador, situa a ação em uma fila de espera e faz alusão ao absurdo presente no cotidiano soviético, quando as filas infindáveis para o acesso a alimentos e aos mais necessários bens de consumo eram, ao mesmo tempo, palco inusitado de relações humanas e afetivas surpreendentes.

Esse e alguns outros romances integram o conjunto de textos literários do jovem escritor, obras como: *Norma* (*Norma*, 1979-84) e *O trigésimo amor de Marina* (*Tridtsataia libov Mariny*, 1982-84), além de uma coletânea de contos, *O primeiro sábado de trabalho* (*Pervi subbotnik*, 1980-84), e as primeiras experiências no campo da dramaturgia. Integram ainda esse primeiro *corpus* literário o poema em prosa "Um mês em Dachau" ("Messiats v Dakhau", 1990)[9] e o romance *Os corações dos quatro* (*Serdtsa tchetyriokh*, 1991).

---

[7] Vladímir Sorókin, "Jizn — eto... teatr absurda... V Rossii materiala dliá literatury vsegda bylo polno" ("A vida é um teatro do absurdo... Na Rússia sempre houve muito material para a literatura"), entrevista, em Boris Sokolov, *Moia kniga o Vladimire Sorokine* (*Meu livro sobre Vladímir Sorókin*), Moscou, AIRO, 2005, p. 102.

[8] Vladímir Sorókin, "Totalitarizm — rastenie ekzotitcheskoe i iadovitoe, kraine redkoe i oposnoe" ("O totalitarismo é uma planta exótica e venenosa, extremamente rara e perigosa"), entrevista a Pilar Bonet e Rodrigo Fernandez, em https://inosmi.ru/20020924/159243.html.

[9] Publicado com tradução de Mário Ramos e Yulia Mikaelian em

Nessas primeiras experiências literárias, e mesmo em tentativas anteriores, dos anos de adolescência, quando, segundo o escritor, ele estava apenas "ensaiando", já se insinua a poética do fantástico e do grotesco, matizada por um erotismo flagrante.

Vale lembrar que na fase inicial de sua produção artística, o desenho e a pintura por um bom tempo afastaram Sorókin do fazer literário. Conforme declarado em uma entrevista, foi depois de conhecer as obras dos surrealistas que Sorókin passou a se dedicar apenas ao desenho, e somente por volta dos seus vinte anos de idade voltaria a se debruçar de modo consequente sobre a escrita literária.

Na década de 1970, Sorókin conhece o ambiente artístico moscovita *underground* e se aproxima do grupo dos "conceitualistas", entre eles Iliá Kabakov, Erik Bulatov e Andrei Monastyrski. Embora vários de seus textos dos anos 1980 apontem para essa aproximação, o escritor chegou a declarar que a *Pop art* interessou-o muito mais do que o conceitualismo, e que suas tentativas criativas teriam buscado sempre que possível aproximar a *Pop art* da literatura: "Warhol me deu muito mais do que Joyce".[10]

Nesse período, as experiências do *underground* moscovita se apropriavam do conceito da *Pop art*, formulando seu equivalente soviético, a *Sots art*, assim denominada pelos artistas Vitali Komar e Aleksandr Melamid. Enquanto a *Pop art* se utiliza dos clichês da cultura de massa, a *Sots art* se apropria da cultura do realismo socialista para criar um sucedâneo soviético, servindo-se da manipulação, em tom de

---

Bruno Barretto Gomide (org.), *Nova antologia do conto russo (1792-1998)*, São Paulo, Editora 34, 2011.

[10] Vladímir Sorókin, "Prochái, kontseptualizm!" ("Adeus, conceitualismo!"), entrevista a A. Neverov, *Itógui*, nº 11, 2002.

derrisão, de símbolos, slogans e procedimentos artísticos e culturais próprios da estética oficial.

Sorókin encontrou nesse procedimento estético terreno fértil para a impostação de seus primeiros textos, que o projetaram como uma das vozes mais experimentais e radicais da Rússia dos anos 1980.

> "Logo percebi, mesmo de modo inconsciente, que era exatamente isso que eu fazia até então. Em minhas primeiras coisas havia muita literatice, no entanto, eu já utilizava certos clichês, não soviéticos, mas pós-nabokovianos. E graças aos quadros de [Erik] Bulatov (ele, é claro, não era um conceitualista, mas um típico *Pop artista*, se é que podem existir *Pop artistas* soviéticos), compreendi de repente a seguinte fórmula: na cultura da *Pop art* tudo é possível. Os materiais podem ser desde o *Pravda* até Chestov, Joyce ou Nabókov. Qualquer manifestação no papel já se torna um artefato, e podemos manipular tudo isso como bem entendermos. Para mim, foi como a descoberta da energia atômica."[11]

Sabe-se também que muitos de seus primeiros contos e novelas, escritos entre 1978 e 1981 e reunidos em uma coletânea apenas algum tempo depois, nos anos 2000, foram incorporados como partes, fragmentos ou capítulos de romances significativos, como *Norma* e *Gordura azul* (*Goluboie Salo*, 1999).

A estratégia de desconstrução composicional, presente em alguns textos dessa primeira fase (a fragmentação estru-

---

[11] Vladímir Sorókin, "Tekst kak narkotik" ("O texto como narcótico"), entrevista a Tatiana Rasskazova, *Nezarissimaia Gazeta*, fev. 1991.

tural do romance *Norma* é uma ilustração modelar), aproxima a escritura sorokiana da estética do pós-modernismo, conforme admite o próprio escritor. Assim, a utilização paródica de clichês do realismo socialista na manipulação de ideologemas soviéticos aos moldes da *Pop art* e, mais especificamente, da *Sots art*, a experimentação vocabular e linguística, a fragmentação radical e deformante do discurso e do narrar, aliados ao procedimento intertextual de citações e apropriações literárias e culturais na impostação de uma textualidade fortemente marcada pela visualidade são, desde logo, elementos constitutivos da cosmogonia criativa de Sorókin nesse período inicial.

O segundo período da criação sorokiana, que abarca a década de 1990, corresponde a um momento de crise e profundas rupturas na história e na cultura soviéticas. A nova realidade pós-soviética e as marcas de um novo tempo, pós-perestroika, produziriam grandes transformações na poética e na expressão artística de Sorókin.

Uma de suas vertentes criativas dos anos 1990 incide sobre a produção dramatúrgica. Procedimentos do discurso paródico e desconstrutivista do período anterior se prolongam de certo modo em peças teatrais escritas nesse período, como *Dostoiévski-trip* (1997),[12] *Schi* (1995) e *Lua de mel* (*Hochzeitsreise*, 1994). Porém, durante esses anos, Vladímir Sorókin novamente se dedicaria sobretudo a experiências artísticas no campo das artes visuais: escreve roteiros para cinema e participa de filmes e performances artísticas. Uma dessas obras, *Moscou*, com roteiro e filme criados entre 1995 e 1997, em coautoria com o diretor Aleksandr Zeldovitch, ganhou as telas em 2001.

Ainda nesse período, no final da década de 1990, são

---

[12] Publicada em português pela Editora 34 em 2014 com tradução, posfácio e notas de Arlete Cavaliere.

publicados dois romances, que correspondem, pode-se dizer, ao início de um gradativo afastamento de Sorókin das experiências radicais anteriores no campo do conceitualismo e da *Sots art*: *Gordura azul* e *Banquete* (*Pir*, 2000) podem ser considerados, por um lado, uma espécie de concentrado de procedimentos e estratégias literárias já utilizados pelo escritor, e, por outro lado, evidenciam a preparação de um novo solo, sobre o qual se consolidaria o desenvolvimento de sua poética narrativa ulterior.

Um dos mais polêmicos textos de Sorókin, o romance *Gordura azul*, acusado de pornografia e processado na Justiça pelo Krêmlin, se mostra profundamente marcado pelo caráter intertextual da narrativa, por meio da apropriação da literatura russa e da reflexão sobre o seu papel transgressor ao longo da história do país, ao mesmo tempo agregando as principais linhas de força determinantes na poética narrativa do escritor como um todo: a utilização de expedientes da ficção científica e de uma literatura marcada pelo absurdo, pelo fantástico e pelo grotesco (como, por exemplo, o tema da clonagem de seres humanos e as projeções temporais em um tempo/espaço do futuro longínquo) e os efeitos paródicos daí decorrentes, a forjar uma contundente análise crítico-satírica da realidade russa contemporânea, subjacente, aliás, a toda a evolução da produção artística sorokiana.

A "gordura azul", a que o título faz alusão, nada mais é do que uma substância manipulada por cientistas russos no ano de 2068, na Sibéria, capazes de clonar autores russos consagrados, tais como Tolstói, Tchekhov, Nabókov, Pasternak, Dostoiévski, Akhmátova e Platónov, de cujos corpos a preciosa "gordura azul", material altamente energético, será extraída e transportada em uma máquina do tempo para a Moscou de 1954, quando, então, Stálin, Khruschóv e Hitler se tornam os heróis de uma complexa e absurda intriga erótica e política.

Essa síntese inusitada, aprofundada por Sorókin nas etapas mais maduras de sua produção literária, a apresentar elementos de raízes profundas da história e da cultura russas em contraponto às vicissitudes da história moderna e contemporânea, projetadas, por sua vez, para um assustador futuro distópico (ou antiutópico), conforma, por assim dizer, a *poiesis* essencial da escritura sorokiana, sempre a urdir uma intrincada simbiose de planos estranhantes e estranhados, matizados de elementos da paródia e do grotesco.

É exatamente nesse contexto estético que se pode inserir o romance *O dia de um oprítchnik*, publicado em 2006, ano que marca o início de um novo período da produção do autor, embora alguns de seus ingredientes já estejam anunciados em textos precedentes, como no próprio *Gordura azul*.

Saliente-se, ainda, que nesse mesmo período, mais precisamente entre 2001 e 2005, anos considerados pela crítica como uma terceira etapa de sua produção, Sorókin publica uma trilogia constituída por romances que o projetariam de modo incisivo na cena literária internacional: *Gelo* (*Liód*), *O caminho de Bro* (*Put' Bro*) e *23.000*, obras traduzidas para várias línguas, que parecem corresponder à superação definitiva da estética do conceitualismo e do pós-modernismo. Embora os princípios basilares de sua arquitetura narrativa se mantenham operantes, tais como o caráter acentuado da convenção artística de propensão intertextual e metalinguística, tanto na construção de personagens e intrigas como na estruturação de fabulações pautadas pelo inusitado e pelo absurdo, o movimento do narrar parece se deslocar agora para uma espécie de busca de um conhecimento filosófico, aliado à análise aguda da realidade histórica e política circundante e do homem nela situado. Como se o impulso criativo do escritor se movesse, então, para além de apropriações de mitologemas culturais e da desconstrução de seus clichês estilísticos, para engendrar a impostação de problemas de ordem filosófica e ontológica na captação mais profunda do ser, da existência e da natureza da violência e do mal. Corresponde a essa sondagem sorokiana um olhar arguto que perscruta o fenômeno do totalitarismo como manifestação concentrada de diferentes formas da violência humana.

Sorókin chegou a refletir sobre esse momento de viragem em sua poética narrativa:

> "Durante toda a minha vida, como uma borboleta, eu voava para onde quer que houvesse um néctar, um alimento, para aquelas zonas culturais onde houvesse intensidade. Antes era um imenso campo de experimento literário. Atraía-me mais a forma, eu sentia a literatura como algo verdadeiramente plástico, com o qual se pode trabalhar. Mas agora consegui alcançar como que o interior dessa coisa, para mim agora é mais importante mergulhar nela. [...] Em cada livro tentava desbravar algum espaço novo. Antes era como se fosse o espaço de um esforço formal. E isso me parecia um distanciamento em relação à literatura. Mas, agora, não."[13]

O romance *O dia de um oprítchnik* estabelece também uma densa rede dialógica intratextual, em primeiro lugar, com o romance *Gordura azul*: enquanto neste os eventos ocorrem no ano de 2068, a ação do romance de 2006 se desenvolve em 2027, a deflagrar, em ambos os textos, a imagem de uma Rússia futura aterradora, que se dobra e se desdobra em um tempo passado-presente, não menos aterrador.

---

[13] Vladímir Sorókin, *apud* Maksim P. Marussenkov, *Absurdopedia russkoi jizn Vladimira Sorokina: zaum, grotesk i absurd* (*A absurdopedia da vida russa de Vladímir Sorókin: zaum, grotesco e absurdo*), São Petersburgo, Aleteia, 2012, p. 60.

Tais elementos temáticos e estilísticos tornam a surgir dois anos depois da publicação de *O dia de um oprítchnik*, em uma reunião de quinze contos intitulada *O Krêmlin de açúcar (Sakharnyi Kreml)*. Aqui, também, as fabulações são enfeixadas no ano de 2027 e rodopiam naquela mesma síntese paradoxal de um universo passadista tingido de colorações futuristas. E o vetor carnavalesco e corrosivo da prosa sorokiana novamente se interpõe na metáfora potente do Krêmlin de açúcar, a expressar o "novo" Estado russo do futuro, povoado de hologramas e seres robóticos, que se movem em um mundo opressor de ordenação feudal, mas instável e solúvel como uma guloseima açucarada, a derreter na boca dos diferentes personagens que perambulam pelas páginas dos contos.

Por via desse movimento narrativo intratextual, que dialoga consigo mesmo, os contos retomam estilos, gêneros e motivações de outros textos do autor, e fazem alusão explícita, em particular, a *O dia de um oprítchnik*, invocando, no conto intitulado *A desgraça*, o assassinato brutal do *oprítchnik* Andrei Komiága, protagonista do romance.

Em suas produções mais recentes, os romances *Telluria* (2013) e *Manaraga* (2017), Sorókin não se afasta do tema do futuro distópico, mas, desta feita, a ação se passa em uma era pós-apocalíptica. Em *Telluria*, o texto se estrutura em quinze capítulos autônomos, conectados entre si apenas pela alusão comum a uma fictícia república da região asiática de Altai, fundada em 2028 e produtora de um enigmático telúrio, causador de efeitos alucinógenos no cérebro dos personagens. Em *Manaraga*, os sucessos acontecem no ano de 2037 e, como ocorre em *Telluria*, o romance desenha um mundo futuro cuja desintegração e desenfreada destruição, ocorridas tanto na Europa Ocidental como na Rússia, o transformaram em uma grande e fragmentada Eurásia. Repercussões do passado totalitário e repressivo prevalecem, no entanto, em um surpreendente consórcio mundial projetado por Sorókin, transformando o futuro em uma "nova Idade Média", que se poderia, talvez, melhor chamar de pós-distópica:[14] um mundo pós-catástrofe, em que a literatura e os livros se tornam obsoletos e devem ser queimados ou clonados por uma máfia internacional em máquinas moleculares na montanha Manaraga, nos Montes Urais.

Em *O dia de um oprítchnik*, marco inaugural desse período, a poética do escritor se investe de um acentuado vigor social e político de fundamento histórico e filosófico. Trata-se aqui, como já se disse, de conceber a imagem de uma Rússia futurista, que se imiscui em um redemoinho temporal vertiginoso para alçar uma temporalidade outra: passado e futuro se bifurcam em uma espécie de vertigem para lograr a presentificação do contemporâneo.

Não por acaso, os eventos do romance transcorrem em um tempo histórico ficcional, o ano de 2027, quando, depois de uma época de "tumultos", o país retorna à ordem de Ivã, o Terrível, restabelece a monarquia ortodoxa junto com a *Oprítchnina*, instaura a tríade "autocracia, ortodoxia, nacionalidade" e se separa da Europa Ocidental com a edificação de uma Grande Muralha Russa, para estabelecer relações econômicas e políticas estreitas com a China. Nessa Rússia apocalíptica do futuro, a desagregação social, instaurada como forma de fortalecimento do poder e marcada por assassinatos políticos, torturas de toda ordem e outros desmandos do Estado, impõe uma governança despótica, descrita pelo narrador *oprítchnik*, com fina ironia, como necessária e construtiva para o "bem" da Pátria.

---

[14] Cf. a propósito, Dirk Uffelmann, "*Manaraga* and Reactionary Anti-Globalism", em *Vladimir Sorokin's Discourses: A Companion*, Boston, Academic Studies, 2020, p. 165.

A alusão ao reinado de Ivã, o Terrível, certamente não será sem sentido na ótica de Sorókin: em todo o fluxo da história russa refulge a figura totêmica do monarca do século XVI, pois nela se pode flagrar a gênese de um estado autocrático e totalitário, cujo caráter despótico se inscreveria tanto na monarquia absolutista russa como no autoritarismo soviético, com acentuadas ressonâncias no cerne do Estado e do sistema de poder vigentes na Rússia contemporânea. Tal filiação se acha em declarações do escritor, como a seguinte:

> "Penso que, entre nós, existe um feudalismo esclarecido, amplificado pela alta tecnologia. Os senhores feudais contemporâneos não andam de carruagens, mas de Mercedes 600. E não guardam seu dinheiro em cofres, mas em bancos suíços. No entanto, mentalmente eles não se distinguem dos senhores feudais do século XVI."[15]

Oprítchnina e oprítchniks: a narração da História

A epígrafe do romance não deixa dúvidas a respeito das alusões históricas que emolduram o relato:

> "para Grigori Lukiánovitch Skurátov-Biélski,
> vulgo Maliúta"

A irônica dedicatória se refere ao personagem histórico conhecido como Maliúta Skurátov, favorito de Ivã, o Terrí-

---

[15] Vladímir Sorókin, "Feodalism s vyssokimi tekhnologuiami" ("Feudalismo com tecnologias avançadas"), entrevista a Eduard Steiner, *Der Standard*, 11 de dezembro de 2006.

vel, chefe dos *oprítchniks* e imagem especular do narrador Andrei Danílovitch Komiága.

Os *oprítchniks* formavam uma milícia poderosa e aterradora, responsável pela execução das tarefas mais sórdidas e inescrupulosas, criada por Ivã, o Terrível, com a finalidade de protegê-lo e apoiá-lo incondicionalmente em suas ações militares e políticas. Os *oprítchniks*, precursores das "polícias secretas" russas e soviéticas, mergulharam o país em um dos períodos mais sombrios da história russa: as execuções em massa, as perseguições aos inimigos do soberano e o extermínio de famílias inteiras de boiardos transformaram o reinado de Ivã IV em um verdadeiro banho de sangue.

Primeiro a se conclamar "tsar de toda a Rússia", em 1547, Ivã IV destruiu o equilíbrio precário que dividia o território russo em feudos regidos por boiardos, famílias de antiga linhagem nobre, marcando, assim, de forma indelével a Idade Média Russa. Em 1564, em plena guerra com a Lituânia, sentindo-se traído pela nobreza e, em particular, pelo príncipe Andrei Kurbsky, um dos boiardos em quem o tsar mais confiava, e que acabou por desertá-lo em favor dos lituanos, Ivã IV abandona a capital e se instala em um palácio fortificado a 123 km de Moscou. A ausência do soberano provoca uma série de tumultos palacianos, e um mês depois dessa atitude intempestiva o monarca retorna ao Krêmlin, impondo algumas condições para que continue a governar, entre elas, a divisão do Estado russo em duas partes: a primeira, a que chamou de *oprítchnina* (a palavra deriva do russo antigo *oprítch* e significa "à parte", "em separado"), estaria submetida ao poder absoluto do monarca; a outra parte, chamada *zêmschina*, ficaria relegada à administração dos boiardos, porém sem nenhuma intervenção nos negócios do Estado.

A criação da *Oprítchnina*, então, envolveu a criação de uma nova classe social, que vivia de acordo com regras e leis próprias — uma espécie de código secreto de conduta coletiva. Seus membros vestiam trajes e paramentos sombrios, ao estilo monástico, e entre os juramentos que prestavam constava o de não manter nenhum tipo de relação com qualquer indivíduo da *zêmschina*, sob pena de execução sumária. Ostentar, nos pescoços de seus cavalos, uma cabeça de cachorro decepada e uma vassoura era símbolo não apenas de fidelidade ao tsar, mas também de que esses homens estavam prontos a destroçar os inimigos do Estado e varrê-los da face da Terra. A simples aparição de um *oprítchnik* diante das classes superiores significava uma ameaça aterrorizante: a pena de morte se tornara uma das condenações mais frequentes, e para tanto bastava a sentença de um *oprítchnik*. Depois da execução, todos os bens do "traidor" se tornavam posse do servidor do tsar.

Em razão de diferentes vicissitudes históricas, em particular a fraca resistência do trono a invasões estrangeiras, dentre as quais a impetrada, em 1571, pelo Khan da Crimeia, a *Oprítchnina* começa a se desintegrar. Quando de sua dissolução e da execução de seus chefes, a ordem, que contava originalmente com mil membros, já somava mais de 6 mil integrantes.

Komiága: um *oprítchnik* futurista

É sobre esse fundo histórico, subliminar ao tecido narrativo, que se constroem os deslocamentos espaçotemporais e as inúmeras combinações paródicas e grotescas, a desenhar a imagem de uma "nova Rússia", segundo uma perspectiva dialética plasmada em antiutopia e distopia.

Acrescente-se a esse universo terrificante projetado pelo texto o progresso tecnológico e a vida computadorizada, os automóveis turboeletrônicos de última geração, a sofisticação das armas a raio laser, dos videofones, pelos quais os *oprítchniks* de Sorókin se comunicam, ou das bolhas informativas projetadas no ar, trazendo notícias oficiais do Estado ou o próprio rosto do Soberano em imagens holográficas. É nesse microcosmo fabuloso que se move o protagonista Andrei Komiága, arrastando o leitor pelas mais variadas figurações da violência e do mal, que se estendem, para além de uma impostação ideológica, a modulações nuançadas de caráter social e metafísico.

Uma dessas figurações percorre, talvez, uma das motivações centrais da poética narrativa de Sorókin: a sexualidade como vetor e essência primeira da violência. No entanto, à indissociabilidade entre sexo e violência corresponde também, como se verifica em *O dia de um oprítchnik*, a ritualização de uma espécie de epifania do mal, pela qual a catarse coletiva pode ser fruída mesmo quando o ritual se opera não apenas com o único e "justificado" fim de sacrificar os inimigos, mas também como forma oblíqua de purificação da própria *Oprítchnina*.

Observe-se, a propósito, uma das mais contundentes cenas de ritualização da violência de viés sexual no romance, cena em que a coletividade dos *oprítchniks*, em uma celebração festiva de provação (e comprovação) de vigor físico e elevação espiritual, pratica uma orgia homossexual com o propósito de criar uma única e sólida corrente corporal "heroica", expressa na imagem da "lagarta". A isto se segue um jogo "recreativo" de perfurações dolorosas de finíssimas brocas elétricas em direção às pernas uns dos outros.

Ora, na contraface dos atos heroicos o narrador Andrei Komiága parece revelar uma espécie de desdobramento paródico do herói positivo do realismo socialista, em alusão à celebração soviética da energia saudável e íntegra do corpo soviético, ideal único e coletivo, cuja violência e cega obediência a um poder central são ungidas no propalado caráter "benéfico" dos fins, em perversa justificação dos meios. No entanto, de modo irônico, a narrativa tece também a dessacralização do herói, expondo a sua decorrente desarticulação psicofísica, figurada no esgotamento de forças e na derrisão tragicômica e subserviente do herói. Resta, ao final, a imagem grotesca do *oprítchnik* futurista destronado, vítima humilhada do estado de exceção que o mantém e ao qual ele se submete — imagem reduplicada, talvez, na desagregação simultânea da figura do *homo sovieticus* e do seu sucedâneo *pós-sovieticus*. Assim, embora na superfície discursiva Komiága se constitua como um porta-voz da visão de mundo da sociedade despótica que representa, seu discurso oficial, na forma da apologia à tirania, deixa entrever, para além da sua condição de instrumento da arbitrariedade e da opressão, a própria coerção que o transforma em objeto opresso do regime da *Oprítchnina*.

A essa espécie de construção distópica da figura do herói correspondem os incessantes deslocamentos discursivos de seu narrar e o caráter mutante ou, se quisermos, distônico da discursividade narrativa. Para tanto, a ampla utilização de uma forma peculiar de linguagem cotidiana — matizada de imagens e formas morfológicas folclóricas, aforismos e expressões verbais arcaicas, muito distantes do universo futurista a que a ação do romance faz referência — associa-se, também, à simultânea superposição de um fluxo vocabular da língua falada na contemporaneidade, pós-soviética, marcada, no entanto, por referências paródicas ao ambiente linguístico russo. Como se a linguagem narrativa também se situasse, como os eventos e personagens, na fronteira entre mundos e tempos históricos mutuamente excludentes, embora convergentes. A essa multiplicidade linguística do narrar se conjuga certamente a contraposição/intersecção de diferentes ideologias, que permeiam sub-repticiamente o tecido discursivo da novela, lançando-a, a um só tempo, aos campos da utopia e da distopia.

Não raro, Andrei Komiága constrói o seu narrar na forma de monólogo interior e por meio de procedimentos discursivos moldados segundo a estilização característica dos contos folclóricos ou dos contos de magia russos.[16] Ao aliar formas do falar, imagens e estilos da narração antiga a clichês, expressões idiomáticas e imagens consagradas no período soviético, o protagonista aciona, a um só tempo, o inconsciente cultural coletivo russo-soviético e a inextricabilidade entre o arcaico e o contemporâneo, a ensejar, dessa forma, polaridades complementares de uma nova Rússia, cujo discurso ideológico oficial, totalitário e despótico, é projetado pelo texto.

Não por acaso, nessa nova linguagem do futuro destaca-se também a ocorrência de expressões e imagens atreladas à geopolítica eurasiática. Vladímir Sorókin não hesita em apresentar sua Rússia do futuro submetida fortemente à influência chinesa. É nessa direção que se pode explicar, neste e em outros textos de Sorókin, a inclusão de cenas em que se verificam não apenas altercações sobre comércio, negócios e disputas territoriais entre russos e chineses, mas também a franca utilização de expressões da língua chinesa. Servindo-se desse expediente discursivo, Sorókin faz ecoar querelas patrióticas e nacionalistas da contemporaneidade russa, embasadas em ideologias neoeurasianas, como a de Aleksandr Dúguin, que postulam uma aproximação da Rússia à Ásia nos planos étnico e cultural e a negação de qualquer vínculo com a Europa Ocidental. O motivo da Grande Muralha Rus-

---

[16] Cf., em particular, Vladímir Propp, *Morfologia do conto maravilhoso*, tradução de Jasna Paravich Sarhan, organização e prefácio de Boris Schnaiderman, Rio de Janeiro, Forense Universitária, 1984.

sa, a apartar a Rússia futura da Europa Ocidental, não deixa dúvidas quanto à interpretação contemporânea de tal alheamento. Basta lembrar, também, os títulos nacionalistas e bizarros das obras literárias que o protagonista-narrador enaltece, obras chanceladas pela censura oficial dessa futura Nova Rússia:

> "As bancas de livros são também padronizadas, aprovadas pelo Soberano e ratificadas pela Câmara das Letras. Nosso povo tem respeito pelos livros. No compartimento esquerdo há literatura ortodoxa, no direito, clássicos russos, e no do meio, novidades dos nossos escritores contemporâneos. Primeiro observo as novidades da prosa nacional: *A bétula branca* de Ivan Kôrobov, *Nossos pais* de Nikolai Voropáievski, *A conquista da tundra* de Isaac Epstein, *Rússia, minha pátria* de Rachid Zamiétdinov, *As terras de Nijni-Nóvgorod* de Pavel Oliégov, *Dias de trabalho na Muralha Ocidental* de Savvati Charkunov, *Meu amigo do peito* de Herodíade Deniújkina, *Os costumes dos filhos dos novos chineses* de Oksana Podróbskaia. Conheço bem esses autores. São conhecidos e condignos. Acarinhados pelo amor do povo e do Soberano."

Ou, ainda, a bem-humorada alusão à vida patriótica retrofuturista, que é perpetuação do cotidiano soviético:

> "Foi boa a ideia do pai do Soberano, o finado Nikolai Platônovitch, de extinguir todos os supermercados estrangeiros e substituí-los por quiosques russos. E de haver em cada quiosque apenas duas variedades de cada coisa para o povo escolher. Muito sábio e muito profundo.

Assim o nosso povo, abençoado por Deus, deve escolher entre duas variedades, e não entre três ou trinta e três. Ao escolher entre duas, o povo encontra sossego na alma, enche-se de confiança no futuro, evita as vãs futilidades e, por conseguinte, fica *satisfeito*. E com um povo assim *satisfeito*, pode-se empreender grandes feitos.

[...] só uma coisa não entra na minha cabeça: por que todos os produtos se apresentam aos pares, como as criaturas na arca de Noé, mas há apenas um tipo de queijo, o queijo Russo? Minha lógica não alcança. Enfim, isso não é da nossa conta, mas, sim, do Soberano. Do Krêmlin, o Soberano vê melhor o povo, conhece-o melhor. Nós aqui nos arrastamos como piolhos, agitamo-nos sem enxergar os caminhos *justos*. Mas o Soberano tudo vê e tudo escuta. E sabe o que convém a cada um."

Ao lado da flagrante ironia que se desvela no monólogo interior do narrador, em vários momentos do texto pressentimos sobretudo o inopinado jogo lúdico da linguagem, resultante de procedimentos linguísticos inusitados. Eis o foco a ser alcançado pela literariedade sorokiana, na qual se observa uma justaposição de elementos discursivos e estilísticos contrastivos, como expressões e frases da língua chinesa, apropriações de slogans do discurso ideológico soviético, formas e estilos da linguagem medieval, expressões da língua eslava eclesiástica e gírias do falar contemporâneo — tudo isso deflagra a potência de uma escritura que mira a metalinguagem e a produção do efeito carnavalesco e grotesco. Cria-se, por essa via, uma nova forma de expressão linguística, de matiz neototalitário e aderente a essa Nova Rússia do futuro, forjada por ingredientes neomedievalistas, sem descartar, por isso mesmo, referências à velha discursividade de tempos predecessores e a continuidade de sua essência semântica totalitária. Daí resulta a figuração da "velha nova Rússia" como um país "do futuro no passado", na expressão acertada de Marina Aptekman.[17] Lembre-se, a propósito, as ponderações de Mikhail Epstein[18] ao traçar os paradoxos da cultura russa contemporânea. Salienta o crítico que o sistema do tempo na Rússia é singular: o presente nunca representa a realidade autêntica e é sempre um eco do passado, ou um passado em direção ao futuro. Há, nesse sentido, um significativo lapso de tempo no pensamento da cultura russa, em que à falta do presente corresponderia a inversão do futuro em passado.

Alguns poucos exemplos são suficientes para ilustrar essa polifonia linguística e cultural presente no tecido narrativo: a palavra *mobilo* (telemóvel), por exemplo, constitui um dos neologismos do texto, a gerar um estranhamento vocabular logo na abertura da novela, quando Komiága é despertado de um sonho noturno por seu suposto telefone celular, cujo toque reproduz ruídos de chicotadas violentas. A palavra usual na língua russa contemporânea — *mobílny* ou *mobílnik* — vibra, assim, retorcida no texto, e a substituição vocabular evidencia, desde logo, o terreno linguístico singular sobre o qual vai se construir o efeito desautomatizante da linguagem sorokiana, traço marcante do universo distópico projetado pelo texto.

---

[17] Cf. Marina Aptekman. "The Old New Russian: The Dual Nature of Style and Language in *Day of the Oprichnik* and *Sugar Kremlin*", em *Vladimir Sorokin's Languages*, Tine Roesen e Dirk Uffelmann (orgs.), University of Bergen, 2013, pp. 283-97.

[18] Cf., especialmente, Mikhail Epstein, *After the Future: the Paradoxes of Postmodernism and Contemporary Russian Culture*, Amherst, University of Massachusetts Press, 1995.

Nesse sentido, ao lado da linguagem oficial — que se pretende límpida e purista, matizada de elementos folclóricos e de formas discursivas solenes, como a da *bylina* medieval, avessa, portanto, a modernismos e estrangeirismos (como faz questão de pontuar o narrador) — vêm se interpor vocábulos como *jacuzzi* (grafada em cirílico), *minister* (ministro), *marquiza* (marquesa), sem contar a coloração inusitada de expressões chinesas, embora estas, como se viu, estejam "franqueadas", posto que integradas de modo orgânico ao contexto sociolinguístico daquela Rússia eurasiana do futuro.

A essa multiplicidade vocabular e estilística agregam-se inúmeros vulgarismos e obscenidades, censurados pelo narrador (que é um agente "oficial" da repressão linguística estatal), mas, paradoxalmente, utilizados por ele mesmo, por seus colegas *oprítchniks* e até pelo supremo "Soberano". Alguns desses termos surgem sob máscara pseudoarcaica, como, por exemplo, o termo *ud* (que designa o órgão sexual masculino), em lugar de *mude*, a gíria usual em russo.

Tal dissimulação textual, envolta em tonalidades arcaicas, serve também para salpicar o texto de formas vocabulares antigas — como o advérbio *tokmo*, em lugar de *tolko* (em português: "apenas", "somente")[19] — ou para a inclusão de frases e cenas cuja construção e tonalidade evocam o gênero das antigas *bylinas*:

> "— Andriúchenka, que Nossa Senhora, São Nicolau e todos os velhos monges de Optina o protejam!
> Seu queixo pontudo treme, seus olhinhos, azuis e lacrimosos, me olham com comoção. Faço o sinal

---

[19] Para um estudo exaustivo sobre o tema, cf. D. Uffelmann, "*Day of the Oprichnik* and Political (Anti-)Utopias", em *Vladimir Sorokin's Discourses: A Companion*, *op. cit.*, pp. 132-50.

da cruz, beijo o ícone de São Jorge. A aia põe no meu bolso o salmo 'Tu que vives sob a proteção do Altíssimo', bordado em ouro sobre uma fita preta pelas freiras do Monastério de Novodiévitchi. Nunca saio para defender a Causa sem esse salmo.
— A vitória sobre os contendedores... — balbucia Fiédka, e faz o sinal da cruz."

Veja-se, em particular, o oitavo capítulo, que descreve os efeitos oníricos dos "peixinhos dourados", cuja forma discursiva está inteiramente pautada, em chave paródica, pelo estilo da poesia folclórica russa tradicional, tendo como tema a figura do dragão-serpente (Gorynitch) da mitologia eslava.

Observam-se, também, dizeres e frases que emulam preces religiosas e textos antigos da liturgia ortodoxa russa, entremeados, porém, com palavras chulas e de baixo calão. Aqui a dimensão do sagrado se imiscui ao abjeto e ao repugnante por meio da desagregação discursiva, transformando a narratividade sacra em um não-discurso, e desestabilizando, assim, a hegemonia do discurso unívoco e totalitário.

De fato, a poética narrativa de Sorókin se move por meio do questionamento das funções e dos mecanismos da linguagem, a problematizar, desse modo, a referencialidade do texto, conferindo à metalinguagem um papel preponderante e transformando a própria linguagem em meta-tema.

Ao analisar a linguagem sorokiana, o crítico russo Mark Lipovetsky atenta para a transformação de conceitos verbais em imagens corporais, e considera a "corporalidade da linguagem" o tema principal dessa prosa.[20] A cosmogonia cria-

---

[20] Cf. Mark Lipovetsky, "Fleshing/Flashing Discourse: Sorokin's Master Trope", em *Vladimir Sorokin's Languages, op. cit.*, p. 29. Cf. também, do mesmo autor, "Sorokin-trop: karnalizatsia" ("Sorókin-tropo: carnalização"), em *Vladímir Sorókin: posle literatury* (*Vladímir Sorókin:*

tiva de Sorókin estaria, segundo o crítico, assentada na materialização de metáforas, e a realidade textual seria criada por via da desconstrução da linguagem. A textualidade se abre a uma dimensão corporal visível, capaz de aglutinar e corporificar uma multiplicidade de discursos, e propensa, não raras vezes, à instauração do *nonsense*. Trata-se, portanto, de um movimento narrativo que se orienta para além do discurso e do plano das significações, de modo a erigir uma espécie de transcendência inerente ao vazio da linguagem.

Algumas das cenas orgiásticas e violentas de *O dia de um oprítchnik* constituem, afinal, uma forma de ritualização corporal, resultante da estilização e do mascaramento "arcaico" da linguagem. A inclusão cênico/onírica da lenda do dragão de sete cabeças, referida acima, em alusão ao combate épico e heroico dos *oprítchniks* pelo extermínio dos inimigos da Rússia, constitui, também, a evidente constatação daquilo que Lipovetsky denomina "carnalização" (em lugar de "carnavalização"), isto é, a captação na corporalidade da linguagem de um dos eixos centrais da desconstrução sorokiana de discursos autoritários, sejam eles políticos ou culturais.

Nos deslocamentos temporais e nas evocações da memória cultural pressente-se, assim, uma impostação metafórica subliminar, a aludir questões éticas, políticas e ideológicas da temporalidade russa contemporânea, e que tocam também, como se vê no romance, em conflitos agudos da geopolítica russa no panorama mundial.

Emerge da escritura de Sorókin uma performatividade narrativa tal, ou talvez, uma tal narratividade performática, cuja potência encarna a intensa crise do nosso tempo, expres-

depois da literatura), Evgeny Dobrenko, Ilya Kalinin e Mark Lipovetsky (orgs.), Moscou, Novoe Literaturnoe Obozrenie, 2018.

sa aqui não apenas no colapso perturbador da tradição literária e cultural russa, mas também no profundo desarranjo de toda a herança humanista da civilização, a desestabilizar os pilares centrais da história e da cultura.

O filósofo italiano Giorgio Agamben sublinha que "uma autêntica revolução não visa apenas a mudar o mundo, mas antes a mudar a experiência do tempo".[21] Todo o desenvolvimento da criação de Sorókin, nos diferentes períodos de sua produção artística, parece nutrir uma tentativa velada, ainda que obstinada, de "fazer uma revolução": acertar as contas com o seu tempo e tomar posição com relação ao seu presente. Pois quem pertence realmente ao seu tempo, nos diz Agamben, é aquele que não coincide perfeitamente com seu tempo nem se percebe adequado às suas pretensões, sendo, neste sentido, inatual. No entanto, é justamente por meio desse afastamento que ele se torna mais bem capacitado a perceber e apreender o seu tempo.

Ser contemporâneo equivale, assim, a ter uma singular relação com o próprio tempo: aderir a este tempo e, simultaneamente, dele tomar distância. Por isso o artista contemporâneo é capaz de acolher o seu tempo por meio de dissociações e anacronismos. É justamente sobre essa experiência especial do tempo presente contida no pensamento e na criação de Vladímir Sorókin que nos cabe refletir.

Sorókin é um escritor contemporâneo porque mantém o olhar fixo em seu tempo para perceber não as suas luzes, mas as suas sombras. Sua contemporaneidade reside na capacidade de escrever, de acordo com a bela formulação de Agamben, "umedecendo a pena nas trevas do presente".

---

[21] Cf. Giorgio Agamben, *Infância e história: destruição da experiência e origem da história*, Belo Horizonte, Editora UFMG, 2005, p. 111.

Agradecimentos

Este projeto possui uma história. Estive com Vladímir Sorókin em Paraty, em 2014, por ocasião da FLIP (Festa Literária Internacional de Paraty) e do lançamento da tradução de sua peça teatral *Dostoiévski-trip*, publicada naquele mesmo ano pela Editora 34. Festejamos a efeméride todos juntos, editores, revisores, assessores e convidados. Memorável noite em um pequeno restaurante na bela cidadezinha colonial. Sorókin encantado com as águas do Atlântico. Autografou-me *Telúria*, então o seu romance mais recente. Ficou a promessa de traduzi-lo, ainda não cumprida... Por algum motivo até hoje inexplicável, foi *O dia de um oprítchnik* que largou na frente. E, por algum motivo, também inexplicável, o romance vem à luz justamente agora, em 2022, em um momento turbulento da cultura e da história da Rússia. Um romance premonitório. Atualíssimo. E de tradução laboriosa. Um processo longo, a trabalhar e retrabalhar inúmeras vezes, ao longo dos últimos anos, as possíveis variantes do texto em português para atender às intrincadas exigências do original.

A Yulia Mikaelyan e Dmitri Guriévitch, amigos e parceiros, o meu agradecimento pelas consultas filológicas, tão prontamente acolhidas em Moscou. E a Danilo Hora, pelo rigoroso trabalho de edição com mão de poeta.

SOBRE O AUTOR

Vladímir Gueórguievitch Sorókin nasceu em 1955, na cidade de Bykovo, nos arredores de Moscou. Em 1977, graduou-se como engenheiro pelo Instituto Gúbkin de Óleo e Gás. Trabalhou durante um ano na revista *Smena* (Mudança), de onde teve de se retirar em virtude da recusa de tornar-se membro do Komsomol (União da Juventude Comunista). Nos anos 1970, participou de diversas exposições de arte e trabalhou como desenhista e ilustrador em quase cinquenta livros. Sua atividade como escritor se desenvolveu entre artistas plásticos e escritores do mundo moscovita *underground* na década de 1980. Em 1985, alguns de seus contos apareceram em uma revista em Paris, e no mesmo ano seu romance *Ótchered* (Fila) foi publicado, também na França.

Os textos de Sorókin foram banidos durante o regime soviético, e a primeira publicação de uma coletânea de seus contos só ocorreu em novembro de 1989, em uma revista literária de Riga, na Letônia. Logo depois, seus textos passaram a aparecer em revistas russas. Em 1992, foi publicada a primeira coletânea de contos em seu país, *Sbórnik rasskázov* (Contos escolhidos).

Nas últimas décadas, escreveu, além de peças — como *Rússkaia bábuchka* (A avó russa, 1988), *Iubilei* (Jubileu, 1993), *Dostoevsky-trip* (Dostoiévski-trip, 1997) e *S novym godom!* (Feliz ano novo!, 1998) —, diversos romances, entre eles *Roman* (1994), *Goluboie Salo* (Gordura azul, 1999), *Dien' oprítchnika* (O dia de um oprítchnik, 2006), a trilogia *Lióol* (Gelo, 2002), *Put' Bro* (O caminho de Bro, 2004) e *23.000* (2005), e os mais recentes *Telluria* (Telúria, 2013), *Manaraga* (2017) e *Doktor Garin* (Doutor Garin, 2021). Manteve sempre um tom crítico em relação ao atual regime político da Rússia, postura essa que chegou a lhe render diversas ameaças. Atualmente, seus livros estão traduzidos para mais de vinte idiomas.

SOBRE A TRADUTORA

Arlete Cavaliere é professora titular de Teatro, Arte e Cultura Russa no curso de graduação e pós-graduação no Departamento de Letras Orientais da Faculdade de Filosofia, Letras e Ciências Humanas da Universidade de São Paulo. É mestre e doutora em Teoria Literária e Literatura Comparada pela mesma instituição, com pesquisas sobre a prosa de Nikolai Gógol e a estética teatral do encenador russo de vanguarda Vsiévolod Meyerhold. Organizou com colegas docentes da universidade publicações coletivas como a revista *Caderno de Literatura e Cultura Russa* (2004 e 2008) e os livros *Tipologia do simbolismo nas culturas russa e ocidental* (2005) e *Teatro russo: literatura e espetáculo* (2011). É autora de *O inspetor geral de Gógol/Meyerhold: um espetáculo síntese* (1996) e *Teatro russo: percurso para um estudo da paródia e do grotesco* (2009). Publicou diversas traduções, entre elas *O nariz e A terrível vingança*, de Gógol (1990), volume no qual assina também o ensaio "A magia das máscaras", e *Ivánov*, de Anton Tchekhov (1998, com Eduardo Tolentino de Araújo, tradução indicada ao Prêmio Jabuti). Pela Editora 34, publicou *Teatro completo*, de Gógol (2009, organização e tradução), *Mistério-bufo*, de Vladímir Maiakóvski (2012, tradução e ensaio), e *Dostoiévski-trip*, de Vladímir Sorókin (2014, tradução e ensaio), além de participar como tradutora da *Nova antologia do conto russo* (2011), escrever o texto de apresentação da coletânea *Clássicos do conto russo* (2015) e organizar a *Antologia do humor russo* (2018).

Este livro foi composto em Sabon, pela Franciosi & Malta, com CTP e impressão da Edições Loyola em papel Pólen Natural 80 g/m² da Cia. Suzano de Papel e Celulose para a Editora 34, em junho de 2022.